Berit Glanz
Automaton

Berit Glanz

AUTOMATON

Roman

BERLIN VERLAG

*Mehr über unsere Autor*innen und Bücher:*
www.berlinverlag.de

Die Autorin dankt dem Deutschen Literaturfonds,
der die Entstehung dieses Buches durch ein Jahresstipendium
großzügig unterstützt hat.

Unser Versprechen für mehr Nachhaltigkeit
• Klimaneutrales Produkt
• FSC®-zertifiziertes Papier
• Hergestellt in Deutschland

FSC www.fsc.org MIX Papier aus verantwortungsvollen Quellen FSC® C014496

ISBN 978-3-8270-1438-2

Berit Glanz wird vertreten von der Agentur Brauer
Satz: Fotosatz Amann, Memmingen
Gesetzt aus der Dante
Druck und Bindung: GGP Media GmbH, Pößneck
Printed in Germany

Für meine Eltern

Somniosus microcephalus

Einmal träumte sie, dass sie eine schwimmende Jägerin sei. Nachts musste sie die dunklen Kanäle einer eiskalten Betonlandschaft durchqueren und riesige Vampirhaie zerstören, indem sie ihnen Pflöcke zwischen die Augen rammte. Als sie morgens in die Küche kam und Stefan davon erzählte, lachte der und sagte, dass die Welt in ihrem Kopf schon immer außergewöhnlich gewesen sei.

Jetzt ist dort nichts Außergewöhnliches mehr, nur tote Katzen, zerquetschte Hamster, gequälte Kinder, Blut, Tod und Folter und viel zu viele mit Benzin in Brand gesteckte Dinge. Stefan ist auch nicht mehr da. Dafür gibt es Leon. Manchmal wacht ihr Kind morgens auf und erzählt ihr von seinen Träumen, dann sagt sie, dass in seinem Kopf eine Zauberwelt sei, und zwingt sich, zu lächeln.

Populus nigra

Tiff reibt sich die Beine, sie versucht, die Kniescheiben hin- und herzuschieben, vielleicht bewegt sich auch nur die Haut über dem Gelenk. Sie ist sich nie sicher, drückt deshalb immer fester, bis es schmerzt. Denn wenn sie sich auf den Druck konzentriert, auf die kleinen halbmondförmigen Schmerzringe, die sie mit den Fingernägeln in die Haut presst, dann kann sie zumindest kurz das Gefühl vergessen, dass in ihrem Hals ein Globus nach oben drückt. Manchmal streicht sie sich in diesen Momenten über den Kehlkopf, der sich verstörend normal anfühlt, und spürt den hämmernden Herzschlag am Hals, als würde sich etwas von innen freikämpfen wollen. Gänsehaut breitet sich von ihrem Nacken aus. Früher hat sie nie verstanden, wie einem die Angst kalt den Rücken hinablaufen kann – bis sie das erste Mal bemerkte, wie sich das eisige Gefühl einer falschen Welt in ihren Fingerspitzen ausbreitete.

Neben ihr sitzt Leon im Schneidersitz auf der Bank, die Pommestüte zwischen den Schenkeln. Seine Beine sind mit Ketchupflecken besprenkelt. Er isst zufrieden, und solange Pommes in der Tüte sind, wird er auch keine Zeit haben, auf sie einzureden. Eine kurze Pause. Vor ihnen picken Tauben in den Ritzen der Gehwegplatten. Auf ihrem Schoß liegt der verwaschene Geldbeutel aus gräulichem Jeansstoff, halb gefüllt mit Centmünzen und ein paar Karten. Das Geld hat nur noch für eine Portion gereicht, aber Leon scheint ihr zu glauben, dass sie bereits gegessen hat. Sie schließt und öffnet den Reißverschluss. Ihre Finger zittern leicht, als sie die Bankkarte herausholt und in der Hand dreht. Der Bankautomat hat ihr heute einen Abbruch wegen fehlender Kontodeckung angezeigt, langsam müsste die Überweisung kommen. Es wird eng.

Als die Tauben plötzlich hochflattern, fällt ihr der Geldbeutel zu Boden. Sie stürzen sich auf eine halbe Pommes, die Leon über ihre Köpfe geworfen hat. Tiff schaut ihn an. Er lacht, als die Vögel alle gleichzeitig versuchen, das Stück zu ergattern. Ein besonders großes Exemplar schafft es, sich den Happen zu sichern, und fliegt auf einen Zaun in der Nähe, um ungestört die Beute zu verschlingen. Mit schief gelegtem Kopf schaut die Taube auf den kleinen Menschen mit der Pommestüte, während ihr ein Ketchuprest wie Blut am Schnabel klebt.

Die Tüte ist beinahe leer. Die letzten Pommes sind vom Ketchup durchtränkt. Leon will noch mehr davon zu den Tauben werfen, aber Tiff nimmt die Tüte und kippt sich den matschigen Rest direkt in den Mund. Leon leckt sich gründlich Salz und Ketchup von Fingern und Handflächen, obwohl seine Hände noch voller Dreckspuren aus dem Kindergarten sind. Wahrscheinlich hat er im Sand gespielt, aber sie hat nicht die Energie, ihn davon abzuhalten, mit der Zunge über die schmutzigen Stellen zu fahren. Schließlich wischt er die feuchten Hände an seiner Hose ab.

Sie gehen gemeinsam zurück zur Wohnung. Tiff trägt den Kinderrucksack mit Feuerwehraufdruck und versucht, ihren Atemrhythmus an die Abstände der ausgedörrten Straßenbäume neben dem Fußweg anzupassen. Einmal einatmen und ausatmen, dann kommt der nächste Baum. Die Blätter haben braune Flecken. Sie schaut auf die dickeren Äste. Vor Kurzem hat sie gelesen, dass bei einem Sommerbruch die Bäume ganze Zweige abwerfen können. Ohne Vorzeichen fallen sie zu Boden. Ein Radfahrer war vom herabstürzenden Teil einer Buche getroffen und schwer verletzt worden. Tiff betrachtet die Kronen der Pappeln, die den Weg zu ihrem Mietshaus säumen, und denkt, dass sie nicht in allem eine Bedrohung sehen sollte. Leon redet wieder, ohne zwischendurch Atem zu holen, und sie versucht, sich zu konzentrieren, auf ihn, auf den Verkehr und die eigenen, ihr fremd gewordenen Bewegungen. Irgendwann beruhigt sich der Herzschlag, wird gleichmäßiger, hört auf zu stolpern. Sie atmet tief ein und schaut auf die dunklen Haare ihres Kindes, das gerade einen Stein vor sich herkickt. Auf dem Gehweg liegen die Reste des Pappelflaums, der vor einigen Wochen in dicken Flocken durch die Luft wirbelte. Jetzt haben sich die weißen Fasern am Rand mit dem Straßenstaub vermengt und sehen aus wie die Reste des Schnees im Frühjahr.

Quercus robur

```
Autob ID: 3216c
»Benenne Objekte in Screenshots«
Markiere in der Eingabebox mit
jeweils drei Worten den Bildinhalt
Lohn: $5.00 für 60 Bilder
Aufgabendauer: ca. 60 Minuten
Verpflichtendes Autob-Rating: 85%
```

Eigentlich versucht Tiff, keine Aufträge anzunehmen, bei denen nicht vorab definiert ist, woher die Bilder stammen und was ungefähr auf ihrem Bildschirm erscheinen wird. Ihre Angst ist noch immer zu groß. Aber dieses Mal kann sie nicht Nein sagen, denn die Bezahlung ist im Vergleich zu den anderen Angeboten sehr gut und das Geld weiter schmerzhaft knapp. Sie überlegt kurz, im Automaton-Forum zu schauen, ob andere schon an der Aufgabe saßen und ihr etwas über den Inhalt der Bilddateien sagen können, aber es sind kaum noch Plätze in diesem Autob frei. Viele andere

Automatons haben ebenfalls gemerkt, dass diese Aufgabe besser bezahlt ist als gewöhnlich. Wenn sie sich jetzt nicht einloggt, ist das Risiko hoch, dass sie ihre Chance vertan hat.

Sie klickt den Button, und nach kurzer Ladezeit beginnt der Auftrag. Auf dem Bildschirm erscheint der erste Screenshot, ein Desktop mit offenem Browser. *Youtube, Disney, Zeichentrick,* schreibt sie in die Eingabemaske und klickt auf den Pfeil, um das nächste Bild zu bearbeiten. In der kurzen Zeit, bis ihre Eingabe abgespeichert ist und das neue Bild erscheint, trommelt sie nervös auf das helle Eichenfurnier ihres Schreibtischs. Wie sonderbar, in einer Welt zu leben, die Bilder von Holz auf zusammengepresste Späne klebt und daraus Möbel baut, denkt sie und klammert sich an die kleine gedankliche Ablenkung. Die Sekunden der Ungewissheit sind erschöpfend, aber glücklicherweise ist ihre Internetverbindung so schnell, dass kaum Zeit bleibt für die Angst.

Immer wieder erscheinen ähnliche Screenshots von geöffneten Browsern mit mehr oder weniger vielen Tabs. Youtube-Videos, Zeichentrickfilme, Musikclips, Let's-Play-Videos, Wikipedia-Artikel, Produkte auf Ebay, Artikelbeschreibungen bei Amazon, Nachrichtenwebsites, Online-Shops. Bild um Bild Einblicke in die Internetnutzung ihr unbekannter User, die sie mit jeweils drei Wörtern zu fassen versucht. Damit sie am Ende der Datenbearbeitung nicht zu viel Zeit verbraucht hat (selbst die höhere Bezahlung für diesen Autob wird nur für einen lächerlichen Stundenlohn reichen), tippt sie rasch und eifrig, versucht, bloß kurz nachzudenken. Nur einmal stockt sie, als der Screenshot einen Online-Shop für Luftballons zeigt und sie überlegen muss, wie sie den Bildinhalt am besten beschreiben soll. *Online-Shop, Luftballons, Zubehör,* gibt sie schließlich in die Maske ein. Als die Stunde vergangen ist, fühlt sie sich ausgeleert, als wären keine Wörter mehr in ihr. Durch ihr Inneres rauschen die gesehenen Bilder.

Ohne Mikael wäre sie niemals Automaton geworden, und wahrscheinlich sollte sie dankbarer sein. Wenn sie aber spätabends erschöpft auf ihrem Drehstuhl sitzt und auf den gestreiften Vorhang schaut, der das Fenster zum Hinterhof verdeckt, damit in den mondhellen Nächten kein Licht von außen ihren Arbeitsfluss stört, dann fragt sie sich, wie sie in diese Lage kommen konnte. Nachts erscheint es ihr nicht mehr unmöglich, am nächsten Morgen die Wohnung zu verlassen und sich einen Job zu suchen, in einer Bäckerei, irgendwo an einer Kasse oder etwas mit Kindern oder alten Menschen, vielleicht sogar zur Uni zu gehen, ein Studium anzufangen, ein Vorbild für Leon zu sein. Aber sie weiß, dass sie dafür die Kraft noch nicht aufbringen kann; irgendwann vielleicht, mit Therapieplatz und wenn sie weniger Energie dafür braucht, Leon eine Normalität vorzuspielen, die in ihrem Kopf nicht existiert. Bis auf Weiteres aber wird sie in der Sicherheit ihrer Wohnung gefangen sein, und nur nachts mit den anderen Automatons im Forum, wenn sie wie im Großraumbüro eines gewöhnlichen Arbeitsplatzes Witze machen, ihre

Arbeit kommentieren und Informationen austauschen, fühlt sich die Normalität greifbar an.

Sie schaut nach, ob Nik78 oder Stariseria schon da sind, aber beide Accounts sind offline, also klickt sie sich weiter durch die Angebote und überlegt, ob sie es schafft, vor dem Einschlafen noch einen nächsten Auftrag zu erledigen.

```
Autob ID: 2481a
»Bilderkennung: Schnee«
Markiere, ob auf den Bildern Schnee
zu sehen ist
Lohn: $2 für die komplette Aufgabe
Aufgabendauer: ca. 30 Minuten
Verpflichtendes Autob-Rating: 70%
```

Straßenzug um Straßenzug, Mittelstreifen, Bäume, immer wieder Fahrzeuge, deren Nummernschilder auf ein Land verweisen, das sie nicht gleich zuordnen kann. Bilder von Überwachungskameras oder Radarfallen, schwarz-weiß und grobkörnig. Manchmal sind sie so unscharf, dass es schwerfällt zu entscheiden, ob darauf Schnee zu sehen ist. Möglicherweise sind die weißen Felder gar nicht mit Schnee bedeckt, sondern durch Regenschauer oder Nebel verursachte Aufnahmefehler.

Wenn ihre Fehlerquote im Vergleich zu den anderen Automatons zu hoch ist, verschlechtert sich ihr Rating, wird sie es schwerer haben, besser dotierte Autobs zu bekommen. Erst nach einer knappen Stunde hat Tiff den Bildersatz fertig bearbeitet. Sie ist den Tränen nah.

Gibt sie den Auftrag unvollendet zurück, wird sie gar nicht bezahlt. Nach einer halben Stunde Suche nach Schnee hatte sie nicht aufgeben wollen, mit jedem Bild gehofft, dass der Datensatz abgeschlossen wäre. Das machtlose Gefühl stellt sich wieder ein. Sie hat beinahe eine Stunde für zwei Dollar gearbeitet. Verzweifelt tippt sie eine Warnung ins Forum und hofft, dass ihre Freunde nicht auch noch auf den Schnee-Autob hereinfallen.

Sie öffnet die Vorhänge und schaut in das Schwarz hinter der Fensterscheibe. Im Hinterhof gibt es keine Laterne. Wenn die Lichter in den anderen Wohnungen erloschen sind, liegt alles in Dunkelheit verborgen, allein das Leuchten ihres Bildschirms spiegelt sich im Glas.

Es ist sehr still in der Wohnung. Nur aus den Kopfhörern, die vor ihr auf dem Schreibtisch liegen, dringt leise Musik. Elektronischer Ambientsound, der ihre Konzentrationsfähigkeit verbessern soll und sich nicht in den Vordergrund drängt. Aquariumklänge, denkt sie manchmal, wenn sie sich doch auf die Musik fokussiert. In der Wohnung über ihr geht die Klospülung, sie hört das Wasser in den Rohren durch die Wand rauschen. Wahrscheinlich geht Mikael jetzt ins Bett. Sie hat gar nicht mitbekommen, dass er wieder da ist. Morgen wird sie bei ihm klopfen, wenn sie Leon im Kindergarten abgegeben hat und schweißgebadet im Treppenhaus zurück ist. Mikael ist das egal. Er wird sich freuen, sie zu sehen, sie umarmen und ihr einen Kaffee auf den Tisch stellen.

Citrus sinensis

Sie muss gar nicht zu Mikael hochgehen und an seine schwere Wohnungstür klopfen. Gerade sucht sie vor ihrer eigenen Tür mit zittrigen Fingern in den Hosentaschen nach ihrem Schlüssel, um sich für einen Moment auf dem Bett zusammenzurollen, da hört sie ihn aus dem darüberliegenden Stockwerk ihren Namen rufen.

Ich komme, sagt sie und dreht sich um. Eine Treppenstufe, noch eine und noch eine. Achtzehn Stufen, bis sie in den dritten Stock gestiegen ist und vor seiner offenen Tür steht. Sie sieht ihn in der Küche am anderen Ende des Flurs. Natürlich kocht er Kaffee, in Unterhose. Sie kennt niemanden sonst, der so gerne nur in Unterwäsche ist wie Mikael. Vor dem Betreten der Wohnung zieht sie ihre Schuhe aus, die Wände sind bis auf einen Kleiderhaken und einen rahmenlosen Spiegel kahl. Die Funktionalität der Einrichtungsgegenstände verrät, dass diese Wohnung nie ein Zuhause sein muss, sondern immer nur vorübergehende Unterkunft ist.

Mikael dreht sich um, als sie an der Küchenschwelle

steht, und nimmt sie in den Arm. Es ist, als würden sich ihre Lungen weiten, als würden seine ruhigen Bewegungen ihren Puls entschleunigen, wie im Moment nach einem Sprint, wenn man wieder langsam geht und der Herzschlag in den Ohren leiser wird, das Atmen gleichmäßiger.

Sie sitzen am Tisch und trinken Kaffee, genauso wie Tiff es sich letzte Nacht vorgestellt hat, und diese Planbarkeit ist Teil des Glücks, das sie immer dann umgibt, wenn Mikael zurück ist. Nach zwei Bechern Kaffee, Geschichten von Leon und einer Schilderung seines letzten Trips nach London dreht er sich um und zieht die Schublade neben der Spüle auf. Sie weiß, was jetzt kommt, und es ist ihr noch immer unangenehm. Es hat eine Zeit gedauert, bis ihr klar wurde, wie wichtig sie auch für Mikael ist. Seitdem fühlt sie sich weniger hilflos als am Anfang, aber gewöhnt hat sie sich dennoch nicht an diesen Moment. Er gibt ihr den Umschlag mit dem Geld, 500 €, wie jeden Monat, und zwinkert ihr zu. Tiff lächelt ihn an, mehr mit den Augen als mit dem Mund, und steckt das Geld in ihre Handtasche.

Als sie Mikael das erste Mal traf, saß sie gerade vor ihrer Wohnung, die Augen geschlossen, den Kopf an die Tür gelehnt, und versuchte, sich zu beruhigen. Ihre Armmuskeln waren so angespannt, dass sie es nicht schaffte, mit den verkrampften Fingern in die Hosentasche ihrer engen Jeans zu fassen, um den Schlüssel hervorzuholen. Die Situation war so albern, dass sie ständig zwischen Schluchzen und Lachen hin und her kippte. Sie drückte die Hände gegen den Türrahmen, der ihr im Gegensatz zum schwankenden Boden verlässlich stabil vorkam. Bevor ihre Arme sich entspannt hatten, hörte sie Schritte auf der Treppe und öffnete die Augen. Mikael stand vor ihr und schaute sie fragend an.

Brauchst du Hilfe?, hatte er gefragt, und sie hatte den Kopf geschüttelt und gehofft, dass er weitergehen und sie allein lassen würde, bis die Attacke abgeebbt wäre. Aber er schaute sie wissend an, hockte sich lächelnd neben sie, sagte seinen Namen und fing an zu reden. Es schien ihn nicht zu stören, dass sie nicht weiter auf ihn reagierte, weil zu dem Lach-Schluchzen auch noch ein Schluckauf hinzugekommen war. Er redete und redete, und sie hörte kaum den Inhalt seiner Sätze. Irgendwann begann der gleichmäßige, tiefe Klang seiner Stimme einen beruhigenden Einfluss auf sie auszuüben. Ihre Finger entkrampften sich, und sie zog den Schlüssel aus der Tasche, erhob sich und drehte sich auf zittrigen Beinen zu ihrer Wohnungstür. Sie hatte den Schlüssel bereits im Schloss gedreht, als sie sein Räuspern hörte. Er hielt ihr die Hand hin. Sie schüttelten einander die Hände, und dann ging er langsam die Treppe hinauf, während sie voller Scham in die Wohnung huschte. Sie hatte Mikael erst Tage später wiedergesehen, als sie versuchte, einen großen Karton in die überfüllte Papiertonne im Hinterhof zu quetschen. Er stand mit einem kleinen Müllbeutel, in dem sich Orangenschalen und Kaffeefilter befanden, neben ihr. Sie fragte sich, wie ordentlich jemand sein musste, um derartig kleine Mengen Müll bereits zum Sammelplatz zu bringen. Mit schlechtem Gewissen dachte sie an den überquellenden Eimer in ihrer Küche und daran, wie oft sie den Sack so vollgestopft hatte, dass stinkende Flüssigkeit herausgelaufen war und sie den Behälter später in der Dusche hatte gründlich ausspülen müssen. Er grüßte freundlich, sie grüßte zurück. Sie wechselten einige Sätze über das Wetter (zu warm für den April) und den Hinterhof (zu viele Fahrradleichen und Sperrmüllstücke). Als sie ihm auf seine Nachfrage ihren Namen nannte, nickte er und stellte sich ebenfalls vor. Von da an trafen sie sich immer wieder zufällig, und jedes Mal sprachen sie etwas länger miteinander, über seine Arbeit in der Stadt, ihren Heimatort, seine Wohnung in Schweden und Fernsehserien, die ihnen gefielen. Manchmal war Leon dabei und löcherte Mikael mit einer Frage nach der anderen, die dieser alle geduldig beantwortete.

Einige Wochen später, sie hatten bereits begonnen, in seiner Küche Kaffee zu trinken und dazu trockene dänische Kekse aus einer Metalldose zu essen, fragte sie ihn nach seinem Ehering. Das gleichmäßige Fließen von Mikaels Erzählung stockte für einen Moment. Er sammelte sich und schilderte ihr in kurzen Sätzen die Situation mit seinem Ex-Mann Robert und die Scheidung, die ihn für viele Monate aus dem Gleichgewicht geworfen hatte. Tiff nickte, und um Verständnis zu zeigen, sprach sie von Stefan, der ebenfalls aus ihrem Leben verschwunden war – noch bevor Leon geboren wurde.

Natürlich war das Kind nicht geplant gewesen, wer plante schon eine geteilte Verantwortung mit einem Menschen, der es nicht einmal schaffte, eine Basilikumpflanze am Leben zu halten. In Stefans Leben gab es seine Interessen, und es gab Gemeinsamkeit, wenn sich seine Bedürfnisse und Vorstellungen mit denen des Gegenübers deckten. Es hatte Monate gegeben, in denen alles um sie herum tiefer und intensiver erschien, weil sie zusammen waren. Wenn sie an ihr Kennenlernen dachte, dann fiel ihr ein, wie ihr Lehrer früher im Chemieunterricht einen Indikator in eine Flüssigkeit gegeben hatte und die Farbe bei der Veränderung des Säuregehalts von einem Moment auf den anderen umgeschlagen war. Es sah aus wie Zauberei, ließ sich jedoch durch Formeln erklären, die sie zwar von der Tafel abgeschrieben hatte, die ihr im Gegensatz zu dem plötzlichen Farbumschlag aber nie im Kopf geblieben waren. Auch mit Stefan waren die Dinge von einem Moment auf den anderen in einer neuen Farbe erschienen, aber dieses Phänomen war immer daran gebunden gewesen, die Atmosphäre perfekt an ihn anzupassen.

Mit der Entscheidung für Leon war das unmöglich geworden, und Tiff war klar, dass er aus ihrem Leben verschwinden würde, sobald sie ihm ihren Entschluss mitteilte. Im Rückblick verwunderte sie am meisten, wie leicht es Stefans Umfeld, seinen Freunden und seiner Familie, gefallen war, der Erzählung, sie habe ihm ein Kind untergejubelt, er sei in eine Falle getappt, ohne den geringsten Zweifel zu glauben. Sie hatte den Test in der Hand gehabt, und ihr erstes Gefühl war nicht Angst gewesen, sondern eine pure Freude. Die Furcht kam erst mit dem zweiten Atemzug. Es war nicht so, dass eine Abtreibung für sie undenkbar gewesen wäre, aber ihr war sofort klar, dass sie dieses Kind wollte und dass ihr der Wunsch wichtiger war als all die vielen Gründe, die dagegensprachen. Jetzt bin ich nicht mehr allein, hatte sie gedacht, als der zweite Strich erschien, und das Gefühl hatte sie durch die nächsten Monate getragen, durch die Zeit der Trennung von Stefan und den Umzug.

Die Beziehung zu ihm hatte das Loch gefüllt, das durch den Abschied von ihrer Mutter entstanden war. Auch Tiff war ein ungeplantes Kind gewesen, doch im Gegensatz zu Leon nie gewollt. Im Leben ihrer Mutter hatte sie sich immer als Last gefühlt. Auf ihren Schulfesten stach ihre Mutter immer als die Jüngste heraus, war von vielen oft sogar für eine große Schwester gehalten worden. Mit Tiffs 18. Geburtstag hatte ihre Mutter endlich der Ungebundenheit hinterherlaufen können, die sie so lange vermisste. Die Freiheit kam mit einer Reise zu einem langjährigen Brieffreund nach Kanada. Eine kurze Rückkehr, um die nötigsten Dinge nachzuholen. Tiff hatte selbstverständlich nicht dazugezählt. Seitdem hatten sie einander nicht oft gesehen. Ihre Mutter hatte kein Verständnis für Tiffs Entscheidung gegen eine Abtreibung aufbringen können, und in den daraus resultierenden Streitgesprächen am Telefon war die dünne Verbindung zwischen ihnen noch brüchiger geworden. Zweimal im Jahr telefonierten sie, manchmal schickte ihre Mutter etwas Geld, da sie aber selbst alles andere als wohlhabend war, konnte das kaum helfen. Es gab kein Netz, von dem Tiff sich auffangen lassen konnte. Ihr Wunsch aber, nicht mehr allein zu sein, hatte sich mit der Geburt von Leon erfüllt. Auf die Einsamkeit der allein zu tragenden Verantwortung war sie allerdings nicht vorbereitet gewesen. Die mickrige Summe von der Unterhaltsvorschusskasse, die für zahlungsunwillige Väter einsprang, half ihr lediglich, Leons Grundbedürfnisse abzudecken.

Mikael hatte ihr irgendwann Kaffee nachgeschenkt, und sie hatten schweigend dagesessen und getrunken im Wissen, einander einen biografischen Raum gezeigt zu haben, der nun nicht wieder betreten werden musste. So war sie, die Freundschaft mit Mikael, es wurde gesprochen, aber nicht zerredet, füreinander gesorgt, aber nicht erstickt. Vielleicht half es, dass er nur selten länger in der Stadt war, immer wieder zurück nach Stockholm, in sein anderes Leben reiste. Ihre Welten vermischten sich nicht weiter. Es brauchte nicht lange, bis Mikael verstand, wie schwierig die finanzielle Lage für sie und Leon war. Er hatte Tiff einmal gefragt, ob die Attacken schon vor der Geburt des Kleinen aufgetreten waren, und sie hatte ihm von der Moderationsarbeit erzählt, von den Dingen, die sie gesehen hatte.

zeitlich flexiblen, mit Mindestlohn bezahlten festen Schreibtischjobs, hatte sie sofort eine E-Mail geschickt. Bereits eine Woche später saß sie, gemeinsam mit zwölf anderen Bewerbern, in einem schlichten Besprechungszimmer eines großen Bürogebäudes. Gepolsterte Stühle, aufgestellt in Fünferreihen, von ihrem Platz in der letzten Reihe konnte sie die anderen beobachten. Gemeinsam hatten sie nur, dass keiner von ihnen sehr alt war, ansonsten ließen sich anhand der Kleidung und des Verhaltens keine besonderen Ähnlichkeiten feststellen. Eine junge Frau mit randloser Brille startete eine Folienpräsentation, mit der sie das Profil der ausgeschriebenen Stellen erklärte.

Die Firma arbeitete für große soziale Netzwerke. Um welche genau es sich handelte, wurde den Bewerberinnen und Bewerbern nicht mitgeteilt. Ihre Aufgabe würde sein, die tägliche nutzergenerierte Bilder- und Videoflut zu moderieren. In einem Großraumbüro würden sie auf ergonomischen Stühlen sitzen und im Akkord Bilder und Videos sichten, die von Nutzern als auffällig markiert worden waren. Anhand klarer Richtlinien, die in der Präsentation erklärt wurden, sollten sie dann die Bilder bewerten: Gewaltdarstellungen aussortieren, augenscheinlich kriminelle Aktivitäten mit einem besonderen Vermerk ausblenden und auch Nacktheit und Pornografie mit genauem Blick bewerten und bei Überschreitung der eng definierten Regeln sofort löschen, damit niemand mit dem Bild einer weiblichen Brustwarze oder eines Geschlechtsorgans konfrontiert würde.

In dem mehrstöckigen Haus arbeiteten mehr als sechshundert Menschen in eng getakteten Schichten, für jede Stunde Moderation wurden zehn Minuten Pause mit eingeplant. Diese Pausen sollten dringend ohne weiteren Blick auf private Smartphones oder Ähnliches verbracht werden, sagte die Frau mit der randlosen Brille und machte eine bedeutungsvolle Pause. Arbeitsschutz – ihr ernster Gesichtsausdruck das mimische Äquivalent eines Ausrufezeichens. Die Augen der Mitarbeiter müssten sich in dieser Zeit entspannen, um das ehrgeizige Ziel von mindestens zwanzig moderierten Bildern pro Minute zu erreichen. Die Zeiteinteilung war flexibel, sodass es Tiff möglich sein würde, keinen vollen Tag zu arbeiten, was sich besser mit den Betreuungszeiten von Leon vereinbaren ließ. Am Ende des Vortrags wurden alle Anwesenden darum gebeten, am Ausgang ihre Sprachkenntnisse mitzuteilen, da multilinguale Moderatoren für weitere Kontexte eingesetzt werden könnten. Für seltene und schwierige Sprachen gab es einen Bonus im Stundenlohn.

Bereits eine Woche später hatte Tiff mit der Arbeit begonnen. Ihr wurde ein Schreibtisch zugewiesen, der von den Sitzplätzen daneben durch Sichtschutzwände abgeteilt war, sodass sie nur den eigenen Bildschirm im Blick hatte, wenn sie nicht weit mit dem Stuhl auf der bodenschonenden Plastikunterlage zurückrollte. Sie wurde aufgefordert, nach jeder Schicht den Schreibtisch sauber zu hinterlassen, da der Platz ihr nur für diesen Slot zugewiesen und den Rest des Tages von anderen Moderatorinnen und Moderatoren genutzt werde.

Links von ihr saß ein junger Mann, der ihr freundlich zunickte. Als sie sich ihm vorstellte, sagte er auf Englisch, dass er kein Deutsch spreche. Auf ihrer rechten Seite saß eine ältere Frau mit grauem Flechtzopf, die ihr fest die Hand drückte, sich kurz als Melanie vorstellte und dann wieder ihrem Bildschirm zuwandte.

Die junge Frau mit der randlosen Brille hatte Tiff am Eingang in Empfang genommen und wies sie jetzt in die Bedienung der Moderationsoberfläche ein. Rechts oben im Bildschirm befand sich ein Kreis, mit dem Fünfminutenintervalle gemessen wurden, in der Mitte des Kreises konnte man die Zahl moderierter Bilder ablesen. Fiel die Moderationsrate unter die Zielvorgabe, verfärbte sich der Kreis von grün zu orange zu rot, ein Zeichen für die Moderatoren, schneller zu arbeiten.

An jedem neuen Tag erhielten sie einen Plan für ihre Arbeitsstunden, in dem die Pausen exakt zugewiesen waren. In dieser Phase stellte sich der Zeitkreis automatisch grau, und ein Schlaf-Smiley erschien. Wenn man die Pause überzog, musste anschließend umso schneller gearbeitet werden, um den Verlust auszugleichen. Was die Konsequenz aus einer anhaltend langsamen Moderationstätigkeit sein würde, war in dem Einführungsgespräch nicht erklärt worden, aber Tiff konnte es sich ausmalen.

In der Einarbeitungswoche wurden den Neuankömmlingen nur einfache Bilder vorgelegt, die von Nutzern wegen Nacktheit oder Copyrightverletzung markiert worden waren. Tiff klickte sich durch reihenweise Fotografien von Brüsten, deren Nippel sich zu deutlich unter dünnem Stoff abzeichneten, von Frauen mit nacktem Oberkörper am Strand, Screenshots aus aktuellen Zeichentrickfilmen und Bilder von Markenprodukten in unerlaubten Kontexten. Sie markierte fleißig, ihr Moderationskreis blieb erfreulich grün. Manchmal hörte sie die Sitznachbarn hinter den Trennwänden Geräusche machen, ab und zu ein kurzes, scharfes Einatmen oder ein Ächzen. In den Pausen folgte sie den Regeln und schaute nicht auf ihr Smartphone. Stattdessen stand sie auf der gefliesten Dachterrasse des Bürogebäudes und sah über die Dächer der benachbarten Häuserblocks hinweg in die Ferne, um ihre Augen zu entspannen. Über einem Hochhaus kreisten immer wieder schwarz-graue Vögel, manche ließen sich an der Dachkante nieder, und sie hatte das Gefühl, dass die großen Tiere zu ihr herüberblickten.

Die Pausen waren so getaktet, dass auf jedem Bürostockwerk nur eine Handvoll Menschen zeitgleich von ihren Bildschirmen aufstanden, sich Kaffee nahmen und an die frische Luft auf die Dachterrasse gingen oder sich zum Rauchen auf den dafür zugewiesenen Balkon begaben. In der ersten Woche stellte Tiff fest, dass die Sprachenvielfalt unter den Angestellten so groß war, dass sie sich nicht mit jedem problemlos verständigen konnte. Einige ihrer Kollegen kamen aus der großen geldbedürftigen Ex-Pat-Community der Stadt, erfolglose Künstler und Musiker, während andere aus Notsituationen emigriert waren und wegen ihrer meist besonderen Sprachkenntnisse gut in der Moderation arbeiten konnten.

Spät an ihrem siebten Arbeitstag als Content-Moderatorin stand sie wieder an der Brüstung der Terrasse und versuchte, ihre Konzentration auf den Himmel zu lenken, der sich in einem bleiernen Grau über der Stadt wölbte. Es waren diese Monate, in denen man sich fühlte, als wäre man unter einer Käseglocke gefangen, der blaue Himmel nur noch eine ferne Erinnerung. Die kühle Luft half gegen die Bildschirmschläfrigkeit.

Vor ihrem inneren Auge rotierten weiter die Bilder von Brüsten und Menschen und Produkten, als sie hinter sich ein leises Schluchzen hörte. Sie drehte sich um. An der Hauswand, teilweise verborgen durch eine ausgeblichene Plastiksitzbank, hockte ein Mann in hellblauem Hemd und weinte. Sein bärtiges Gesicht verbarg er mit den Händen, aber das charakteristische Zucken seiner Schultern und die unterdrückten Schluchzer waren eindeutig. Tiff wusste nicht, wie sie reagieren sollte, und setzte sich schweigend auf die Bank. Der Mann weinte weiter, und sie schaute ihn hilflos an. Dann räusperte sie sich. Er sah auf.

Kann ich helfen?, fragte sie und versuchte, ein freundliches, nicht zu aufdringliches Gesicht zu machen.

Der Mann schüttelte nur den Kopf. Sein Gesicht sah so hoffnungslos verloren aus, dass sie den Impuls unterdrücken musste, einen Arm um seine Schultern zu legen.

Ich könnte ein Glas Wasser holen oder ein Taschentuch. Was für ein lächerlich hilfloser Satz, dachte sie, während er den Kopf senkte, der dabei beinahe die Knie berührte. Tiff wusste nicht, was sie sagen sollte, und er schaute abweisend in eine andere Richtung, bis sie sich leise verabschiedete und zurück an ihren Schreibtisch ging.

Den bärtigen Mann hatte sie nicht wiedergetroffen, vielleicht hatte er nach dem Tag auf dem Balkon gekündigt, oder er war auf ein anderes Stockwerk versetzt worden. Später hatte sie oft an die Situation gedacht, sich gefragt, warum sie sich nicht mehr gewundert hatte, dass da ein Mann in der Bildschirmpause auf der Dachterrasse vor ihren Augen zusammengebrochen war.

Fallkerbsohle

Stellas Knie schmerzt schon wieder. Vielleicht beginnt nun auch bei ihr die Arthrose. Ihr Großvater muss so alt wie sie gewesen sein, als seine Knie anfingen, steif zu werden. Er hat nach der Diagnose noch jahrelang weitergearbeitet, weil es finanziell nicht anders ging und weil er sich nicht von der Arbeit mit den Bäumen trennen konnte. Gefällt hat er da schon nicht mehr, mit seinen schmerzenden Gelenken, stattdessen den Ablauf überwacht, die Bäume inspiziert, für das Einhalten von Standards gesorgt. Niemand konnte die Mammutbäume besser einschätzen als er, der sein ganzes Leben mit ihnen verbracht und unzählige Riesen mit umgelegt hatte.

Der Sturz der Stämme musste gründlich geplant werden, und selbst bei bester Inspektion blieb ein Restrisiko für die um den Baum Versammelten. Fiel der lange Stamm und zersplitterte dabei, dann reduzierte sich mit viel Glück nur der Verkaufswert, an einem schlechten Tag aber konnte das Leben eines der umstehenden

Arbeiter von einem Moment auf den anderen ausgelöscht werden. Deswegen wurde nicht nur der Baum sehr gründlich angeschaut, auch die für den Fall des Stamms vorgesehene Stelle wurde sorgfältig ausgewählt, und größere Unebenheiten mussten mit Zweigen und Gestrüpp ausgeglichen werden, um ein zu hartes Aufschlagen und die Beschädigung des Holzes zu verhindern.

Aus dem Haus des Großvaters hat Stella zwei alte gerahmte Fotos, die seit seinem Tod über ihrer Anrichte hängen. Auf einem der Bilder steht er mit einer Gruppe Männer in der fertigen Fallkerbsohle eines gewaltigen Baums. Einem auf der Seite liegenden Tortenstück gleich, ist ein Teil aus dem Stamm herausgeschlagen, und in der dabei entstandenen Lücke stehen die Männer in einigem Abstand über dem Boden. Die Position der Fallkerbsohle wird die Sturzrichtung des Baums bestimmen. Ungenaue Arbeit bei der Vorbereitung kann, wie so viele andere Fehler, in diesem Beruf tödliche Folgen haben. In der Mitte des Stamms, etwas unterhalb der diagonalen Einkerbung, sind Planken eingeschlagen, auf denen später die Holzfäller stehen werden, um mit einer Säge den Fällschnitt zu machen, der auf der gegenüberliegenden Seite der Fallkerbsohle angesetzt wird. Früher wurde diese Arbeit mit einem langen Sägeblatt von Hand verrichtet, und noch ihr Großvater hat anfangs so gefällt, bis später Motorsägen und anderes Equipment zum Einsatz kamen. Doch egal, wie die Säge betrieben ist, ob mit Muskelkraft oder Motor, immer wird quer durch den Baum bis vor die Fallkerbsohle gesägt. Dann wird ein Metallkeil in den Fällschnitt gehämmert, um den Sturz auszulösen. Irgendwann übernimmt das Eigengewicht des Baums die letzte Arbeit, die noch nicht durchtrennte Verbindung im Holz bricht, und der Stamm kippt in Richtung der Fallkerbsohle. Dieser Bruchmoment ist am gefährlichsten. Der Stamm kann überraschenderweise doch in eine andere Richtung kippen, Äste der Krone bleiben hängen und verändern die Fallrichtung, große Splitter können herausbrechen und die Arbeiter verletzen. Deswegen ist es seit eh und je wichtig, das Fällen zu begleiten, durch Holzfäller, die jedes Geräusch der uralten Riesen einschätzen, jedes Ächzen im Holz als Warnung deuten können.

Die Männer auf der Fotografie tragen Arbeitskleidung. Zwei von ihnen haben Filzhüte auf dem Kopf, und die Hälfte raucht Zigaretten. Ihr Großvater trägt eine Schiebermütze und einen Arbeitsoverall, der vermutlich einmal blau gewesen war. Stella erinnert sich daran, dass er noch lange, nachdem er aufgehört hatte, seine verwaschenen Arbeitshosen trug, wenn er rauchend vor seinem Haus auf der Bank saß. Er ist älter als die meisten anderen auf dem Bild und schaut ernst, während die jüngeren Männer in die Kamera grinsen. Von den sieben auf dem Foto sind zwei später bei der Arbeit tödlich verunglückt, einer davon kurz nach der Aufnahme. Ihr Großvater muss zu dem Zeitpunkt um die vierzig Jahre alt gewesen sein. Dass er noch keine größeren Verletzungen davongetragen hatte, ihm keine Finger durch Unfälle mit reißenden Seilen beim Einspannen der Baumstämme fehlten, war ein Glücksfall. Vielleicht schaut er deshalb beinahe grimmig, weil er sich des Risikos seines Tuns bewusst ist und nach einem halben Berufsleben nicht mehr sorglos in die Linse grinsen kann.

Die zweite Fotografie zeigt eine etwas anders zusammengesetzte Gruppe von Männern vor dem gefällten Stamm stehend. Die Schnittfläche des Baums ist viel größer als die Männer. Einer hat sich davor aufgestellt. Die Arme und Beine ausgebreitet, nimmt er die Form eines X ein, um die Größe des Objekts anzuzeigen. Mit seinen ausgestreckten Armen reicht er nicht einmal bis zur Mitte des Stamms. Eine italienische Freundin hat Stella vor ein paar Jahren einmal eine der neuen europäischen Münzen gezeigt, auf der, umgeben von einem goldenen Kreis, ein Mann die Arme auf silbernem Grund zur Seite ausstreckt. Als sie die Münze sah, dachte sie sofort an das Foto, den Kreis der Baumscheibe. Was für ein kleiner Baum, vor dem dieser europäische Mann stand, im Vergleich zu den Mammutbäumen der Pazifikküste, die im Laufe ihres Lebens immer stärker unter Schutz gestellt worden sind. Die Holzindustrie ist mittlerweile so geschrumpft, dass ihr Großvater sie nicht mehr wiedererkennen würde. Das Fällen ist heute eine technische Angelegenheit, immer noch gefährlich, aber ausgeführt mit großen Maschinen und nicht mehr mit der Muskelkraft der Holzfäller.

In Stellas Erinnerungen sitzt ihr Großvater auf der Bank aus Rotholz unter dem Küchenfenster seines Hauses, während sie auf den Treppenstufen neben ihm eine

Cola trinkt. Gemeinsam schauen sie die Straße hinab, und er erzählt eine Geschichte, während die Zigarette ihm schräg im Mund hängt, der Bart von der Unterlippe bis zu seinem Kinn ganz gelb vom Nikotin. Selbst als er es nur noch vom Haus auf die Bank schaffte, zu der er mit steifen Beinen hinhumpelte, konnte man unter seinem Hemd noch die Armmuskeln erkennen, die er über die Jahrzehnte bei der Arbeit aufgebaut hatte. Er rauchte eine Zigarette nach der anderen, während er auf die Hippies schimpfte, die in immer größerer Zahl begonnen hatten, im Hinterland der Hafenstadt auf gerodeten Waldstücken oder Freiflächen tief in den Tälern des Waldes Marihuana anzubauen.

Er war wütend auf die jungen Leute mit den glasigen Augen, die sich nicht auf ehrliche Arbeit konzentrierten, sondern in ihren Hütten auf alles verzichteten, was für ihn erstrebenswerte Ziele waren. Manchmal bekam Stella den Eindruck, dass seine Wut auf die Aussteiger damit zusammenhing, dass er sein Leben lang hart gearbeitet hatte, um den Verhältnissen seiner Kindheit zu entkommen, und dass er es nun als Beleidigung empfand, wenn Menschen sich bewusst gegen all das entschieden, was er sich ab der Mitte seines Lebens endlich hatte leisten können.

Stella sagte nicht, dass auch die Marihuana-Ernte harte körperliche Arbeit war. Seine Meinung war so fest, dass sie keinen Sinn darin sah, ihm zu widersprechen. Ihr dagegen gefielen die Kleider und offenen Schuhe der langhaarigen Frauen, die mit abwesenden Mienen auf der Straße vor ihrem Haus vorbeigingen.

Sie schaute die Männer immer gründlich an, studierte die unter Vollbärten verborgenen Gesichtszüge und suchte nach der gebrochenen Nase ihres Vaters und seinen von Lachfalten umrahmten Augen. Manchmal dachte sie, dass ihr Großvater auch deshalb so wütend auf die Hippies war, weil er jedes Mal, wenn eine neue Gruppe von ihnen vorbeispazierte, auf seinen Sohn hoffte, der eines Tages einfach abgehauen war und sich nie wieder bei ihm gemeldet hatte.

Stellas Knie knirscht wie eine Schuhsohle auf frischem Schnee, als sie sich zum nächsten Stapel beugt, ächzend einige Bücher hochhebt und auf die Bretter des Wandregals sortiert. Die Pappkiste mit der neuen Bücherlieferung stand vor der Tür zum Hof. Vermutlich hat jemand ausgemistet und beschlossen, die Menge aussortierter Paperbacks zu spenden. Sie riechen nach Zigarettenrauch, aber das wird niemanden davon abhalten, sich etwas mitzunehmen. Kalter Rauch ist einer der Hauptgerüche in diesen Räumen, und manchmal ist sie dankbar dafür, denn der Geruch nach Rauch übertüncht das andere, sehr viel Unangenehmere.

Felis catus

Natürlich hat Stariseria den Schnee-Autob bearbeitet, obwohl Tiff davor gewarnt hat. Jetzt liest sie den Wutanfall, mit dem Stari den Auftrag im Forum kommentiert, und muss lachen. Niemand ist so von sich selbst und der eigenen Arbeitsgeschwindigkeit überzeugt wie Stari. Vermutlich dachte sie, Tiff hätte einfach nur zu langsam gearbeitet, und hat sich dann trotz der deutlichen Warnung für den Auftrag eingeloggt.

Tiff trifft Stari meist nur zum Ende ihrer Online-Fenster live an. Die Zeitverschiebung sorgt dafür, dass Stari gerade erst aufsteht, wenn sie dabei ist, ihre Arbeit zu beenden. Im Gegensatz zu ihr arbeitet Stari fast ausschließlich tagsüber, beginnt vormittags und verbringt manchmal noch etwas Zeit im Chat, bevor sie den ersten Autob startet. Tiff ist dann meist schon ziemlich müde. Ihre Gespräche im privaten Chat sind deshalb kurz oder verzögert, dafür kann sie ihre Arbeitsphase damit beginnen, sich die Forumsbeiträge von Stari durchzulesen und zu verfolgen, wie die Freundin im

Verlauf der Arbeitsstunden immer wütender und ungeduldiger wird. Schlecht formulierte Autobs, undankbare Kunden, stupide Aufgaben – je länger die Arbeitszeit sich hinzieht, desto mehr schimpft Stari im Chat oder auch öffentlich im Forum.

Tiff weiß, dass Stari wegen einer Rückenkrankheit und eines Behandlungsfehlers bei einer Routineoperation kaum aus dem Haus gehen und nicht mehr in ihrem gelernten Beruf arbeiten kann. Sie lebt gemeinsam mit ihrem Kater in einem Trailer, und mit den Jahren der Krankheit und erzwungenen Isolation hat sich die Zahl ihrer Besucher drastisch reduziert. Manchmal bricht sich der Frust seine Bahn, aber viele der befreundeten Automatons hoffen darauf, dass Staris Klage vor Gericht, von der sie seit Monaten spricht, erfolgreich sein wird und sie sich mit einer hohen Entschädigungszahlung zur Ruhe setzen kann. Bis dahin wird sie weiter alle mit ihren Wutanfällen unterhalten.

Stari war eine der Ersten aus dem Forum, mit der Tiff sich im Raum für *Sonstiges* auch über Privates austauschte, nicht nur über die besten neuen Autobs und Tricks, um effizienter zu arbeiten, weniger schläfrig zu sein und mit den Rückenschmerzen umzugehen, mit denen fast alle Automatons irgendwann zu kämpfen haben. Das gemeinsame Verzweifeln über einen extrem langweiligen Datenbankjob hatte sie beide zusammengeführt, und bald schon waren sie in einen Privatchat ausgewichen.

Manchmal treffen sie sich auch zum Videochatten, aber meist sind sie dafür in den kurzen Zeitfenstern, in denen sich ihre Wachphasen überschneiden, zu müde. Ihre Arbeit beginnt Tiff immer damit, im Chat an Stari zu schreiben, von ihrem Tag und von Leon zu berichten. Anschließend klickt sie durchs Forum, versucht herauszufinden, ob lohnende Autobs aufgetaucht sind und ob die Aufträge, die einen guten Eindruck machen, auch wirklich halten, was sie versprechen. Während der Jobs kann sie immer mit Nik78 sprechen, zwischen ihnen beträgt der Zeitunterschied nur eine Stunde. Die Chats mit Nik sind für sie wie eine Belohnung nach besonders langweiligen Autobs, und zu wissen, dass Nik auf sie wartet, hilft ihr, nicht einzuschlafen, wenn sie abends neben Leon liegt, hofft, dass seine Atemzüge bald ruhiger werden, und auch ihr Körper sich so sehr nach dem Bett sehnt. Die Geldnot und das Wissen, dass die anderen Automatons sich sorgen, wenn sie sich abends nicht einloggt, bringen sie fast immer dazu, doch noch aus dem Zimmer zu schleichen und sich vor die Tastatur zu setzen.

Sie hat keine Ahnung, wie Nik78 wirklich heißt, kennt weder Alter noch Hintergrund, und es ist ihr auch egal. Nik lebt nur eine Zeitzone von ihr entfernt, der genaue Wohnort wurde nie genannt, und hatte am Anfang des gemeinsamen Chats geschrieben, dass der Name Nik als Information ausreiche. Am Anfang fand sie es noch spannend, Details über Nik herauszufinden, aber mittlerweile ist ihre Beziehung so viel weiter, dass sie die Dinge, die Menschen normalerweise voneinander wissen wollen, um einander in Kategorien einzusortieren, nicht mehr wissen muss. Sie klassifiziert so vieles in ihren Aufträgen, dass sie kein Bedürfnis verspürt, auch Nik mit Labels zu versehen.

Nik redet wenig über sich selbst, über die Motivation, als Automaton zu arbeiten, und warum es keine anderen, besser bezahlten Jobs zu tun gibt. Tiff vermutet wie bei fast allen Automatons persönliche Gründe dahinter. Die Zahl Jugendlicher, die sich ein wenig extra verdienen wollen, ist nicht sehr hoch. Zu monoton sind die Aufgaben, und nur die, die wirklich dauerhaft dabeibleiben, machen sich die Mühe, ein Teil des Forums zu werden.

Mit den Monaten hat Tiff die dort regelmäßig auftauchenden Automatons kennengelernt. Das Forum hatte sie erst nach einigen sehr frustrierenden Aufträgen entdeckt, als sie verzweifelt überlegte, wie sie sich vor dieser zusätzlichen Ausbeutung schützen könnte. Im offiziellen Teil der Plattform werden nur praktische Tipps und Hinweise ausgetauscht, deutliche Kritik an *Automa* wird immer wegmoderiert. Deshalb haben einige Automatons das alternative Forum aufgebaut, einen geschützten Raum, nicht interessant genug für die Auftraggeber, die die Automatons vor allem als kopflosen Klickwork-Schwarm sehen. Es ist jedoch schon vorgekommen, dass Accounts von Automatons, die zu drastisch genörgelt haben, plötzlich für den Zugriff auf neue Autobs gesperrt wurden. Seitdem wissen sie, dass ihr Forum von den Verantwortlichen der Plattform mitgelesen wird, einige haben deswegen andere Nutzernamen im Forum, um sich anonymer fühlen zu können.

Als Mikael ihr vorschlug, ein Profil bei *Automa* anzulegen, um so ihr Geld zu verdienen, war sie ihm dankbar. Eine Möglichkeit, ohne weitere Vorkenntnisse online von zu Hause aus zu arbeiten, in der Wohnung bleiben zu können, sich nicht mehr hinauszwingen zu müssen, um dann doch wieder einige Straßen vor dem Ort des Bewerbungsinterviews auf einer Parkbank sitzen zu bleiben, mit dem Kopf auf den Knien. Anfangs hatte die Monotonie der Aufgaben sie nicht gestört, es wirkte sogar beruhigend auf sie, den Bildern immer wieder Namen und Beschriftungen zuzuweisen, Aufnahmen mit Menschenmengen zu markieren, richtige Benennungen anzuklicken, Namen von schlecht gescannten Zetteln in eine Datenbank einzutragen. Erst mit der Zeit schlug die Langeweile durch, nahm sie die Eintönigkeit des Klickens nicht mehr als Beruhigung für ihre überlastete Psyche wahr. Während die Wochen vergingen, wurden das Forum und die anderen Automatons zu ihrer größten Motivation, sich durch den Alltag zu kämpfen, ihre entscheidenden sozialen Kontakte neben Leon, Mikael und Monika Schwalbe.

Tiff bringt Leon morgens in den Kindergarten, den Vormittag verschläft sie, dann räumt sie die Wohnung auf und bereitet das Abendessen vor, damit sie später am Nachmittag mehr Zeit für ihren Sohn hat, wenn er zurück ist. Zwei bis drei Mal die Woche zwingt sie sich in den kinderlosen Stunden auch zum Einkaufen oder zu sonstigen Erledigungen hinaus, erholt sich im Anschluss von den zwangsläufig damit einhergehenden Panikattacken und macht sich später auf, Leon abzuholen. Erst wenn er schläft, beginnt sie ihre Schicht, versucht, mindestens sechs Stunden zu schaffen, bevor sie sich in das große Bett schleppt, in dem dann meist schon Leon liegt. Irgendwann in der Nacht wechselt er fast immer aus seinem Kinderbett zu ihr, manchmal muss sie die Autobs unterbrechen und sich kurz zu ihm legen, damit er wieder zur Ruhe kommt.

Trotz allem hilft die Gleichförmigkeit ihres Alltags gegen die Albträume, und mittlerweile gibt es sogar Tage ganz ohne Attacken. Wenn Mikael in der Stadt ist, feiern sie das mit Kaffee und Gebäck in seiner Küche, so wie sie überhaupt sehr häufig kleinere Anlässe auf diese Weise feiern. *Fika* nennt er das, und es scheint für ihn genauso wichtig zu sein wie für sie. Leon stochert dann immer die Streusel vom Kuchen oder lutscht die Konfitüre aus den Berlinern, lässt die angekauten Stücke liegen und geht auf Entdeckungsreise durch Mikaels Wohnung.

Stari hat Tiff am Ende ihrer Schicht eine kurze Nachricht mit Hinweis auf einen Autob geschickt, der zwar bescheiden bezahlt ist, aber in der Ankündigung eine Regelmäßigkeit verspricht. Sich als Automaton so zu bewähren, dass Auftraggeber immer wieder direkt auf einen zurückgriffen, ist eine gute Chance, denn man spart sich die Recherche in den vielen Jobangeboten und verringert das Risiko, auf einen windigen oder geizigen Auftraggeber hereinzufallen. Das Einkommen wird so auch etwas besser planbar. Es ist eh so wenig Geld.

Autob ID: 5725g
»Probeanalyse von Videodateien«
Lange Filmsequenzen müssen analysiert werden und Veränderungen in der dargestellten Umgebung mit Timestamp und kurzer Verschlagwortung markiert werden. Bei zufriedenstellender Bearbeitung des Probeauftrags kann der Automaton in einen Pool aufgenommen werden, der zukünftig regelmäßig direkt auf Aufträge hingewiesen wird, er muss jedoch eine Geheimhaltungserklärung unterzeichnen.
Lohn: $6.00 für 30 Videominuten
Aufgabendauer: exakt 60 Minuten
Verpflichtendes Autob-Rating: 90%

CHAT 1

TiffCat: Hat Stari dir den Videoanalyse-Autob geschickt? *21:05*

Nik78: Ja, schon aufgemacht? Sie hat mir nur die ID geschickt, aber nichts sonst dazu. *21:07*

TiffCat: Hab mich eingeloggt. Video geht gleich los. *21:09*

Nik78: Bin noch am Autob mit den Patientendaten dran. Der ist wirklich okay. Sagst du Bescheid, ob sich das lohnt, wenn du fertig bist? Dann bin ich vermutlich so weit. *21:10*

TiffCat: Mach ich. *21:11*

Nik78: Fertig? 🙄 *21:35*

TiffCat: Ich habe mir jetzt 30 Minuten das Video von einer geschlossenen Produktionsanlage angeschaut. Das Bild ist ziemlich unscharf, weil kein Licht angeschaltet ist. Bei Minute 12 ist ein Nachtwächter den Gang entlanggelaufen, das habe ich markiert, und bei Minute 27 habe ich ein Tier gesehen. Konnte nicht genau erkennen, was es war, aber etwas ist über den einen Gang gelaufen. Nichts Schreckliches oder Ekliges im Video, hatte erst etwas Angst. Einziges Problem: Es ist ein echt langweiliger Auftrag, hab mich gefühlt wie die Nachtwächterin für den Nachtwächter. *21:45*

Nik78: Nachtwächterwächter klingt super!
Logge mich ein. *21:48*

TiffCat: Erzähl mal, was du siehst. *21:55*

Nik78: Ich hatte auch die Produktionsanlage mit dem Nachtwächter und dem Tier in Minute 27. Hab noch mal genauer geschaut, war, glaub ich, ein Marder. Dachte erst, es wär eine Ratte, dafür war es aber zu lang. Vermutlich ein Test, und alle, die das Tier gesehen haben, werden in den Pool aufgenommen. *22:30*

TiffCat: Ich bin gespannt, ob da was kommt. Eigentlich hasse ich Aufnahmen, bei denen ich vorher nicht weiß, was passiert, aber das sieht ziemlich unaufregend aus. Ich mach jetzt noch den Auftrag mit den Patientendaten. *22:37*

Nik78: Der ist super, man trägt nur den immer gleichen Wert in eine Datenbank ein und macht zwei Häkchen. Braucht null Konzentration. Hab dabei Hörbuch gehört, weil es so einfach war. *22:38*

TiffCat: Was hörst du gerade? *22:39*

Nik78: Einen Roman, in dem sich ein Geschwisterpaar in einem Herrenhaus einschließt und nicht mehr rausgeht, weil sie Angst vor den Dorfbewohnern haben. *22:40*

TiffCat: Klingt mir zu sehr nach meinem Alltag. Ich höre gerade einen Podcast über die Antarktis. Aber wenn aus dem Videoüberwachungsding mehr wird, muss ich mir, glaube ich, was Spannenderes suchen, um wach zu bleiben. True Crime oder so *22:40*

Nik78: Ich hasse True Crime, diese fiebrige Geilheit auf das Leid der anderen, und die Verbrechen sind in ausgedacht doch sowieso viel besser. Du könntest dir auch 'ne Katze anschaffen, die hält dich vielleicht wach, wenn sie ständig auf deine Tastatur springt. Das macht zumindest meine. *22:41*

TiffCat: Leon träumt seit Monaten von einer Katze, aber ich glaube, ich kann mir das zusätzliche Futter nicht leisten. Hast du mal diese kleinen Tastatur-Glastische gesehen, die man drüberstellt, und dann kommt die Katze nicht mehr dran? Taucht als Werbung gerade ständig in meiner Timeline auf, als wüsste der Algorithmus, dass Leon sich eine Katze wünscht. *22:42*

Rattus rattus

Im Hinterhof, direkt unter dem Fenster ihrer Arbeitsecke, stapeln sich Fahrradleichen und Sperrmüll. Bereits im Frühjahr hat Tiff die Hausverwaltung gefragt, ob man dort aufräumen könnte. Seit März riecht eine Matratze unangenehm herauf. Tiff vermutet, der Geruch stammt von Rattenurin. Immer wieder hört sie die Tiere nachts im Hof herumhuschen. Niemand hat auf ihren Brief reagiert, und am Telefon erreicht sie nur einen Anrufbeantworter. Eine Mailadresse ist auf der Website der Verwaltung nicht zu finden.

Mit zunehmender Hitze ist der Gestank immer schlimmer geworden, aber die anderen Wohnungen liegen so hoch, dass der modrig-stechende Geruch dort nicht ankommt. Oder es ist den Leuten egal, dass der Hof nach Pisse und Fäulnis stinkt. Sie kennt die Bewohner des Vorder- und Hinterhauses nur vom Sehen. Bis auf Mikael und Frau Schwalbe hat sie mit niemandem Kontakt. Im Hinterhaus wohnt ein kleines Mädchen, das manchmal mit Leon im Hof sitzt, aber die Mutter kommt nie dazu, ruft immer nur aus dem Fenster, wenn ihre Tochter zum Essen kommen soll. Wahrscheinlich interessiert sich einfach niemand für den Schrottberg unter Tiffs Fenster.

Einmal im Jahr kann man bei den städtischen Entsorgungsbetrieben eine Sperrmüll-Abholung beantragen, und weil nur sie sich an dem Schrott zu stören scheint und die Hausverwaltung nicht reagiert, hat Tiff beschlossen, die Dinge selbst in die Hand zu nehmen. Um die verdreckte Matratze auf die Straße zu wuchten, hat sie sich Arbeitshandschuhe, eine Atemmaske und einen Einwegschutzanzug im Internet bestellt. Als sie alles angezogen hat, bleibt sie auf dem Weg in den Hinterhof kurz vor dem großen Spiegel an der Rückseite der Wohnungstür stehen. Es sieht aus wie von der Tatortsicherung.

Sie stellt sich breitbeinig hin und zieht die Augenbrauen hoch. Wir müssen noch den Torso eintüten und Abstriche von den Fenstergriffen nehmen, sagt sie, ihre Stimme klingt betont abgeklärt und etwas schleppend. Sie muss lachen. Bestimmt müsste sie sich sofort übergeben, würde sie an einem echten Tatort stehen. Ihr Schutzanzug hat eine Kapuze, die sie sich über den Kopf gezogen hat, der geflochtene Zopf musste mit hinein, sodass er eine dicke Beule macht. Wahrscheinlich bräuchte es einen Pferdeschwanz mit gerade herabhängenden Haaren, um als erfolgreiche Ermittlerin durchzugehen.

Seitdem Tiff die Wohnung nur noch verlässt, wenn es unbedingt nötig ist, haben sich neue Routinen und Haltungen ausgebildet. Dazu zählt auch das Wachsenlassen der Haare, um die Friseurtermine zu sparen, die sie sich mittlerweile auch nicht mehr leisten könnte. In unregelmäßigen Abständen nimmt sie die Küchenschere und schneidet von ihrem Zopf das unterste Stück einfach ab. Wenn sie ihn aufrollt, bildet er in ihrer Hand eine dicke dunkelbraune Kugel, die jetzt die Ermittlerkapuze ausbeult.

Im Hinterhof sammelt sie zuerst die kleineren Gegenstände auf, Holzbretter, Fahrradteile, kaputte Plastikeimer, und trägt sie zur Straße, stapelt alles auf dem Bürgersteig an der Hauswand. Der Schweiß rinnt ihren Oberkörper hinab, sie keucht in die Maske, die immer feuchter wird, aber immerhin auch den Geruch ein wenig abmildert. Als sie die widerliche Matratze anhebt, zischt etwas darunter hervor und rennt in Richtung Mülltonnen. Es passiert so schnell, dass Tiff es nicht genau erkennt. Sie zwingt sich trotzdem, die Matratze wegzuschleifen, dankbar für die Plastikbarriere zwischen ihrer Haut und dem stinkenden Ding. Wenn sie daran denkt, dass zwischen den Sprungfedern, die aus dem Stoff ragen, Ratten genistet haben, muss sie würgen.

Als der Schrotthaufen aus dem Innenhof komplett am Gehsteig aufgetürmt ist und sie die Spuren im Hausdurchgang beseitigt hat, steht Tiff in der Leere der freigeräumten Fläche im Hof. Asseln wuseln herum, verwirrt vom plötzlichen Verlust des sicheren Orts. Fast hat sie Mitleid. Sie bräuchte eine Harke oder einen Rechen, um den sandigen Boden, der nun freiliegt, gründlich zu reinigen. Schließlich nimmt sie einen alten Handfeger und kehrt Insekten, übrig gebliebene Fetzen unkenntlichen Ursprungs, Holzsplitter und Reste der Matratzenfüllung zusammen und leert die Kehrschaufel in der Mülltonne. Kurz überlegt sie, einen Regenschauer abzuwarten, der die letzten Rattenspuren wegwäscht, holt dann aber doch mit dem Putzeimer mehrfach Wasser und kippt es über der Fläche aus. Vielleicht sollte sie eine Bank auf das gesäuberte Areal stellen oder ein Beet anlegen, denkt sie, als sie sich den Anzug auszieht und die komplette Schutzkleidung zur Mülltonne bringt.

Abends spürt Tiff sämtliche Muskeln im Körper, und ihr Rücken tut weh. Aber dieser Muskelschmerz macht ihr nichts aus, er erinnert sie an das, was sie tagsüber geschafft hat. Sie findet eine Nachricht im Postfach ihres *Automa*-Accounts, in der man ihr mitteilt, dass sie in den Videoanalysepool aufgenommen ist. Beigefügt ein mehrseitiges Dokument, eine Geheimhaltungsvereinbarung, die sie zu unterzeichnen hat, bevor sie weitere Aufträge erhalten kann. In der Vereinbarung steht, dass sie niemandem von dieser Arbeit berichten darf, der Inhalt der Videosequenzen und ihre Analysetätigkeit müssen geheim bleiben.

Maiasaura peeblesorum

Tiff sitzt an Mikaels Schreibtisch und scannt die unterschriebene Geheimhaltungsvereinbarung. Name, Adresse, Datum und Unterschrift mussten handschriftlich mit blauer Tinte eingefügt werden, wahrscheinlich um das Dokument in irgendeiner Weise gerichtsfest zu machen. So ist zumindest Staris Vermutung. Nik und Stari haben ihre Dokumente schon abgeschickt. Tiff hat etwas Angst, zu spät dran zu sein, aber Leon hat nachts Fieber bekommen, und sie war so müde, dass sie verschlafen hat. Jetzt sitzt ihr Sohn ein Stockwerk tiefer auf dem Sofa und schaut eine Fernsehserie mit Dinosauriern in einem Zug, seine Schmerzen sind mit Fiebersaft unterdrückt. Manchmal hat sie Angst, Leon zu viel Schmerzmittel zu geben, aber sie übersteht die Tage einfach nicht, wenn er die Nächte durchjammert.

Sie dreht sich auf Mikaels Schreibtischstuhl und genießt die Ruhe der fremden Wohnung. Auch wenn Leon beim Fernsehen kaum redet, ist es, als wäre er von einer Sorgeaura umgeben, die sich in alles hineinfrisst.

Wie ein leises, aber konstantes Piepen, das alle Sensoren in Alarmbereitschaft hält. Es ist Tiff unangenehm, dass es sie so erleichtert, hier zu sein und nicht bei ihrem Kind.

Mikael ist schon wieder unterwegs, aber sie hat einen Schlüssel und darf seine Geräte und Werkzeuge benutzen. Manchmal, wenn er in Schweden ist und die Wohnung leer steht, geht sie nachts nach ihrer Schicht auch einfach so in sein Wohnzimmer hinauf, setzt sich auf die Couch und stellt sich vor, wie es wäre, ganz allein zu sein, ohne die Verantwortung für noch ein anderes Leben.

Der Scan ist abgeschlossen, sie schickt eine Mail mit Anhang an die Firma. Nik hat es zwar schon recherchiert, aber sie trödelt bewusst herum, bevor sie zurück nach unten geht, und gibt den Namen *ExtraEye* in die Suchmaske ein: eine Firma für Überwachungstechnologie mit professionell gestalteter Website, alles neu und dynamisch. Beim Scrollen bauen sich immer neue Infokästen auf, nur das Logo bleibt fest in einer Ecke des Browserfensters sichtbar. Es besteht aus einer abstrakten Iris mit einem großen schwarzen Kreis als Pupille, darin zwei serifenlose *E*. Sie liest die Beschreibungstexte in den Infokästen: Das Unternehmen will Überwachungstechnik an Kunden verkaufen mit Kameraaufnahmen, die bei *ExtraEye* von einer ausschweifend angepriesenen künstlichen Intelligenz ausgewertet werden und so die Kosten für Nachtwächter und Sicherheitsdienste einsparen sollen. Außerdem bietet die Firma eine Begehung der zu überwachenden Orte an, um die optimale Positionierung der Kameras zu gewährleisten, die ihre Daten live zu *ExtraEye* streamen. Im Hauptquartier der Firma laufen die Daten sämtlicher Überwachungstools zusammen. Der Kunde kann aus zwei Angebotspaketen wählen: eine zeitverzögerte Auswertung auf Unregelmäßigkeiten oder ein Live-Check, bei dem die Datenverarbeitung eine Warnung schickt, sobald etwas Ungewöhnliches geschieht. In der *ExtraEye*-Zentrale anwesende Wächter prüfen sofort die Aufnahmen und informieren gegebenenfalls die vom Unternehmen angegebenen Institutionen.

Tiff überlegt, warum die Kunden bei Auffälligkeiten nicht direkt die Polizei involvieren sollten. Auf der Website wird beinahe unangenehm häufig die absolute Vertraulichkeit der Datenauswertung garantiert. Vermutlich hat sie für die Arbeitsprobe eine solche zeitverzögerte Auswertung durchgeführt, denkt Tiff und ist amüsiert. *ExtraEye* verkauft den Kunden also für viel Geld eine vorgeblich maschinengesteuerte Auswertung von Überwachungsaufnahmen, lässt diese stattdessen aber von einem Schwarm schlecht bezahlter, über die Welt verstreuter Menschen erledigen. Keine Frage also, warum es die Geheimhaltungsvereinbarung gibt. Würden diese Informationen an die Öffentlichkeit gelangen, wäre das Geschäftsmodell von *ExtraEye* höchstwahrscheinlich ruiniert.

CHAT 2

TiffCat: Habt ihr euch die *ExtraEye*-Website mal genauer angeschaut? Jedes fünfte Wort in den Texten ist KI oder *Diskretion*. *23:45*

Nik78: Ja, ganz schön dubios, je länger man drüber nachdenkt. *23:49*

Stariseria: Mir ist noch nicht ganz klar, ob wir nur Kamerabilder auswerten, um die KI zu trainieren, oder ob wir in Wahrheit den Job der KI übernehmen. *00:13*

TiffCat: Das werden die uns sicher nicht auf die Nase binden. Wahrscheinlich werten wir erst mal die Aufnahmen aus, und so machen wir den Job, während die gleichzeitig ihre KI mit unseren Daten trainieren. *00:15*

Stariseria: Schon ziemlich schlau *00:15*

TiffCat: Ja *00:16*

Nik78: Geld für etwas bekommen, das es noch nicht gibt, während man es parallel entwickelt. Nice. *00:20*

TiffCat: Ist ja nicht unser erster Autob, der Kunden später als Arbeit einer künstlichen Intelligenz verkauft wird. *00:22*

Nik78: Hehe. Erinnert ihr euch noch an diese bekloppten Gesprächssimulationen? *00:22*

Stariseria: Klar. Ich hab auch mal Textschnipsel bearbeitet, die poetischer und konsistenter klingen sollten, aber nicht zu sehr verändert. Damit hat bestimmt jemand ein gutes Paper geschrieben. Da gab es auch eine Geheimhaltungsvereinbarung. *00:23*

TiffCat: Ja, wie auch bei diesen Gesprächssimulationen. Ich hab, glaube ich, mittlerweile drei oder vier davon unterzeichnet. Bei dem Autob hier hoff ich, dass es was Langfristigeres wird. Wär super, sich die Zeit zu sparen, ständig nach neuen Aufträgen zu suchen. *00:24*

Totholz

Die Bücher stehen jetzt alle im Regal. Am Anfang hat Stella die gespendeten Exemplare noch alphabetisch einsortiert, mittlerweile aber stellt sie die Titel willkürlich hinein. Es wird sowieso alles wieder durcheinandergebracht, wenn Bände zum Anschauen herausgezogen werden und dann auf den Tischen im Gemeinschaftsraum liegen bleiben. Alle Bücher aus dem offenen Regal dürfen von den Gästen mitgenommen werden. Es würde keinen Sinn ergeben, sie zu verleihen, weil niemand die Zeit hat, sich um eine Dokumentation der Ausleihen zu kümmern, aber auch weil die Bücher nach dem Transport in Plastiktüten oder Reisetaschen und Nächten im Freien wohl mehr oder weniger stark beschädigt zurückkommen würden.

Stella steht in der Küche und zerschneidet Äpfel in kleine Würfel. Noch ist sie allein, aber später werden einige Freiwillige aus der Kirchengemeinde hinzukommen, um ihr beim Kochen des Abendessens zu helfen. Schon vormittags backt sie die Muffins für das Dessert, so stehen sie für später bereit, und manchmal hat sie sogar noch Zeit für die Dekorierung der Kuchen. Die Haferflocken für das Rezept schöpft sie mit einem Messbecher aus den Großpackungen, die in den Unterschränken der Küche lagern. Ihre Mutter hat früher außerdem noch Karotten in den Teig gerieben und in Rumextrakt eingelegte Rosinen dazugekippt, aber Alkohol oder Aromastoffe mit Alkoholgeschmack dürfen in der Einrichtung nicht verwendet werden, denn die meisten Gäste haben mit ihrer Sucht zu kämpfen. Die Karotten lässt Stella weg, weil sie möchte, dass die Muffins nach Dessert aussehen und nicht nach gesunder Ernährung. Das Haus mit seinen vielen Regeln ist sowieso schon ordentlich und anständig genug, dass wenigstens die Kuchen zum Nachtisch nicht wirken sollen, als ginge es nicht auch um Genuss, sondern allein um die reine Vermittlung einer expliziten Gesundheitsbotschaft. Nachdem sie die Äpfel fertig geschnitten hat, kann sie endlich Pause machen.

Sie sperrt die Küche hinter sich zu. Alle Türen sind abschließbar, damit nichts gestohlen werden kann. Mit der Häufung von heroinsüchtigen Gästen passieren immer öfter auch Diebstähle. Die Stimmung hat sich in den letzten zehn Jahren verändert. Alles ist angespannter und auch gewaltbereiter geworden, denkt Stella oft, doch dann stellt sie sich gleich die Frage, ob sie selbst nicht einfach nur älter und müder geworden ist, ob ihr vielleicht die Menschen und Dinge langsam fremd werden und sie ihnen deshalb mit größerer Abwehr begegnet.

Sie geht durch den schmalen Flur zum Hinterausgang. Unter dem Abluftschacht der Küche riecht es nach den Kuchen. Manchmal muss sie an ihre Mutter denken, wenn der Geruch der Muffins sie umhüllt, aber diese Gedanken machen sie auch so viele Jahre später noch traurig, also versucht sie, die Erinnerungen wegzuschieben, nur an bestimmten Tagen kontrolliert an sich heranzulassen. Im Sichtschutz der Mauer setzt sie sich auf einen Stapel Betonplatten, der schon ewig dort lagert. Ein warmer Luftzug zieht über ihren Kopf und ist ihr sehr willkommen. Aus der Handtasche holt sie den Joint, den sie sich morgens am Frühstückstisch für die Mittagspause vorbereitet hat, und beginnt zu rauchen.

Sie baut ihre Joints noch immer so, wie Cove es ihr beigebracht hat. Den ersten haben sie gemeinsam am Strand geraucht, hinter ihnen die Hügel mit den großen Bäumen, der Sandstreifen lang und voller Klippen. Eigentlich hätte sie damals besorgt sein müssen über die Konsequenzen, darüber nachdenken müssen, dass sie einfach nicht zur Arbeit erschienen war, aber der Sand glitzerte in der Sonne, und Cove hatte den Joint gedreht und davon erzählt, dass dieser Strand voller Gold sei, man mit der richtigen Technik den feinsten Goldstaub herauswaschen könne. Sie hatte auf dem Rücken gelegen, geraucht und an den Goldrausch gedacht, an Glückssucher, die Nuggets im Geröll vor den Klippen finden wollten und nicht die richtigen Werkzeuge hatten für den glitzernden Staub im Sand, der auch hundert Jahre später noch so verlockend schimmerte.

Diese Tage am Strand mit Cove waren randvoll gewesen mit etwas, das Stella heute als Verheißung bezeichnen würde. Damals hatte sie noch kein Wort für das Gefühl gehabt und es wohl auch nicht gebraucht. Die Zeit verging beim Baden und Rauchen, der Wind war gerade stark genug, um die Hitze erträglich zu machen, das Meer war so kalt, dass sie nach dem Schwimmen eine Weile bibbernd auf dem warmen Sand saßen. Cove hatte am ersten Strandtag, hüfthoch in der Brandung stehend, über Stellas Furcht vor Haien gelacht und versucht, sie tiefer ins Wasser zu locken. Natürlich hatte Stella sich überreden lassen und war schließlich mit in den kalten Ozean hinausgeschwommen. Ihr Herz schlug schnell vor Kälte und Aufregung. Sie war keine gute Schwimmerin, hatte Angst vor Strömungen und starken Wellen. Cove dagegen ließ sich mit geschlossenen Augen auf dem Rücken neben ihr treiben, und irgendwann hatte auch Stella sich dazu durchringen können, die Augen zu schließen. Den Gedanken an Haie hatte sie einfach verdrängt. Der Wellengang bewegte ihre offenen Haare wie Seegras, das Meerwasser war ein kühler Kokon.

Stella hatte Cove zum genau richtigen Zeitpunkt getroffen. Sie war am Abend auf dem Weg von der Fischfabrik nach Hause gewesen, frustriert und erschöpft von einem langen Tag, und hatte sich nicht nur nach einer Dusche gesehnt, sondern auch nach etwas anderem, etwas Neuem, Aufregendem, nach einem Bruch mit der Monotonie der vorausgegangenen Wochen, deren Fortschreiten allein durch den Wechsel der Jahreszeiten und von den jeweiligen Dekorationen in den Fenstern und vor den Haustüren des Ortes markiert wurde. Der Fang, den sie Tag für Tag in der Fabrik verarbeitete, roch selbst nicht besonders streng, aber der tangige Geruch klebte an den Metallkörben, in denen die Schalentiere lagen und darauf warteten, abgespült und sortiert zu werden. Die meisten der Muscheln mussten geöffnet werden, dazu trug sie einen Schutzhandschuh aus Metallgliedern, der auf ihrer Haut scheuerte und sie an eine Rüstung erinnerte. Das Fleisch wurde aus den Schalen herausgetrennt und dann in Gefäße für den Verkauf gefüllt. Diese Meeresfrüchte wurden nicht von wohlhabenden Menschen in teuren Restaurants verspeist, sondern in Suppen und Eintöpfen weiterverarbeitet. Die leeren Schalen wurden mit heißem Wasser abgespritzt und danach zum Trocknen auf große Haufen hinter der Halle geschichtet. Dort blichen sie in der Sonne aus und verloren mit der Zeit den stechenden Geruch. Die getrockneten Schalen wurden schließlich in Säcken gesammelt, verkauft und zu Tierfutter zermahlen. Manchmal stapfte Stella mit ihren Gummistiefeln über die Schalenberge. Das Knacken und Krachen unter den Sohlen klang, als würde sie eine Eisdecke durchbrechen.

Gegen den ersten Schock des Geruchs im Halleninneren half ihr zu Schichtbeginn ein Zimtkaugummi, der für eine Weile stark genug war, um die anderen Geruchseindrücke zu übertünchen. Nach der Schicht zog sie sich in der Fabrik um und duschte erst später daheim. Die Kleidung, mit der sie sich morgens auf den

Weg zur Arbeit machte und die sie auch am nächsten Tag wieder anzog, bewahrte sie in einer Plastikwanne mit Deckel im Badezimmer auf, weil sie versuchte, das Wasser für eine tägliche Maschinenwäsche zu sparen. Sie duschte jedes Mal gründlich, wurde aber den Geruch von Meer und Muscheln nie richtig los. Vor den Wochenenden nahm sie deshalb ein Wannenbad mit Apfelschaum, um jegliche Erinnerung an die Fischfabrik von ihrem Körper zu waschen.

Cove hatte vor der Fabrik auf dem Bordstein gesessen, ihre Füße auf einer Reisetasche aus festem Stoff. Stella hatte sie angesehen und sich sofort zurückversetzt gefühlt in die Zeit, als sie neben ihrem Großvater vor dem Haus gesessen hatte und junge Menschen in großer Zahl bei ihnen im Ort angekommen waren. Sie hatten San Francisco hinter sich gelassen auf der Suche nach einer neuen Freiheit auf den kleinen Farmen im Hinterland. Die langen offenen Haare und weiten Kleider von Cove wirkten wie aus der Zeit gefallen, dachte Stella, während sie sich selbst eine kurze Ponysträhne aus dem Gesicht strich. Ihre Haare waren von der Dauerwelle trocken und brüchig. Seit der chemischen Behandlung schienen sie den Geruch der Fischfabrik noch intensiver aufzunehmen, aber die meisten Frauen in der Fabrik trugen eine solche Frisur, und Stella hatte nicht außen vor bleiben wollen.

Cove grüßte sie, und sie begannen eine Unterhaltung, obwohl Stella eigentlich so schnell wie möglich nach Hause wollte. Cove war bereits zum dritten Mal zur Erntesaison hergereist. Überraschenderweise hatte sie eine direkte Mitfahrgelegenheit gefunden und war deshalb viel früher angekommen als geplant. Ihr Kontakt würde sie erst in einer Woche abholen, weswegen sie nun in der Stadt festhing. Normalerweise sprachen die Trimmer, die zum Schneiden der Ernte in die Region kamen, nicht so offen über ihre Arbeit. Denn obwohl es allgemein bekannt war, was da auf den versteckten Feldern angebaut wurde, blieb es doch illegal.

Stellas Neugier war geweckt und größer als ihr Bedürfnis nach der abendlichen Sauberkeit. Sie entschuldigte sich für ihren Geruch und setzte sich zu Cove auf den Bordstein, winkte immer wieder Kolleginnen zu, die mit müden Gesichtern an ihnen vorbeiliefen, während die fremde Frau neben ihr erzählte, wie sie einmal mehrere Wochen in einem Motel die Cannabisblüten in Form geschnitten hatte. Die Pflanzen wurden in den angemieteten Zimmern zum Trocknen ausgebreitet und dort auch bearbeitet. Tagsüber saß man auf den Betten und beschnitt mit Nagelscheren die Blüten, die Finger klebrig vom Harz der Pflanze. In den Fluren roch es so stark danach, dass die Besitzer der Motels während der Erntewochen ihre Räume ausschließlich an die illegalen Hanfschneider vermieten konnten. Die letzten zwei Jahre hatte Cove für die Ernte auf der Farm eines früheren US-Marines gemeinsam mit den anderen Trimmern in einem Zelt geschlafen und bis in die Dunkelheit die Blüten bearbeitet. Der Job war anstrengend, aber sehr gut bezahlt. Deswegen kehrte sie immer wieder zur Erntesaison dorthin zurück. Und ganz im

Gegensatz zu den Geschichten, die Cove von anderen Trimmern gehört hatte, war ihr auch nie etwas gestohlen worden, und selbst die Verpflegung war genießbar gewesen.

Die Zeit verging während der Unterhaltung so rasch, dass Stella erst auf ihre Uhr schaute, als es bereits dämmerte. Ihr fiel auf, dass sie nicht nur noch immer nach Fisch roch, sondern dass auch ihr Magen heftig knurrte. Spontan bot sie Cove an, eine Nacht bei ihr zu verbringen, damit sie nicht auf der Straße zwischen den Fabrikhallen übernachten musste.

Eigentlich hieß Cove Meredith. Das erfuhr Stella jedoch erst Wochen später, als sie beide atemlos in der dämmrigen Dunkelheit des Waldes hinter einem Baumstamm hockten und in der Ferne das Geräusch von Hubschrauberrotoren und die Schreie der Einsatzkräfte hörten. Ganz leise hatte Cove geflüstert: Mein echter Name ist Meredith, Meredith Williams, meine Eltern leben in Taylorville, Illinois. Vielleicht brauchst du die Info irgendwann. Stella hatte nur genickt und versucht, sich so klein wie möglich zu machen. Von irgendwoher war das Knacken von Zweigen zu hören. Die anderen versuchten wohl, noch tiefer in den Wald zu kommen, ein besseres Versteck zu finden. Immer wieder wanderten die Kegel von Suchscheinwerfern über ihre Köpfe hinweg. Die beiden Frauen duckten sich tiefer auf den Waldboden. Es gab jetzt keine Chance mehr, aufzustehen, um weiter in den Wald zu flüchten.

So hatten sie bis spät in die Nacht hinter dem Stamm

gelegen und sich eine Flasche Cola geteilt, die Cove beim Wegrennen gegriffen hatte. Anfangs trauten sie sich nicht, überhaupt ein Geräusch zu machen, erst nach einer ganzen Weile waren die Lichtkegel weitergewandert. Vermutlich waren die Einsatzkräfte mittlerweile dabei, die Ernte auf einem der Felder, das sie nur aus der Luft entdeckt haben konnten, zu vernichten. Die Polizei suchte immer wieder aus der Luft nach den Anbauflächen, aber so nah waren sie bis jetzt noch nicht gekommen.

Selbst wenn sie jetzt das komplette Feld zerstören, ist das noch nicht das Ende der Trimmsaison. Darrell hat mehrere Felder, die weit auseinanderliegen. Wir dürfen uns bloß auf keinen Fall erwischen lassen, dann können wir morgen oder übermorgen weitermachen, flüsterte Cove neben ihr.

Stella hatte noch ihre Trimmschere in der Hand gehalten, als sie die Hubschrauber hörten und losliefen. Jetzt lag sie in der Dunkelheit und schnitt aus Langeweile Muster ins trockene Laub. Cove erzählte flüsternd von Taylorville und von der Neugier, mit der sie vor einigen Jahren nach San Francisco gekommen war, obwohl die Hochphase der Hippies dort schon mehr als eine Dekade vorbei war. Sie hatte etwas anderes erleben wollen als die Welt ihrer Eltern zwischen Kirche, Barbecues und langen Arbeitstagen. Sie redete von Gemeinschaft und Freundschaft, und Stella hörte ihrem gleichmäßigen Flüstern zu, während sie mit der Hand über den Stamm in ihrem Rücken strich. Er lag schon länger hier am Boden, die Rinde war überwachsen, und aus den feuchten Spalten zwischen Moos und Borke sprossen zahlreiche Sämlinge zukünftiger Bäume, die auf dem verrottenden Stamm Nährstoffe und Wasser fanden.

Während sie mit der Hand über das Moos strich und die winzigen Hemlocktannen betrachtete, die auf dem toten Baum wuchsen, entdeckte sie eine Auskerbung im Holz. Vorsichtig hob sie den Oberkörper, das Rascheln ihrer Ellbogen auf dem Waldboden erschien ihr unerträglich laut. Cove verstummte und schaute sie fragend an. Stella zeigte auf ihre Entdeckung, während die Freundin näher heranrutschte. Der Stamm wies eine tiefe Höhlung auf, die offensichtlich menschengemacht war. An den Rändern waren Taschenmesserspuren zu erkennen, die die Witterung fast hatte verschwinden lassen. Jemand hatte vor langer Zeit ein Versteck in das Holz geschnitzt, das mittlerweile vermodert war. Mit einer schmalen Hand konnte man in die Höhle hineingreifen. Stella schob langsam ihre Finger hinein und hoffte, dass sich kein Tier in dem feuchten Loch befand. Nach einigem Herumtasten schüttelte sie den Kopf. Das Versteck war leer.

Langsam waren sie wieder hinter den Stamm zurückgerutscht. Ohne ein weiteres Wort über ihre Entdeckung zu wechseln, war ihnen beiden klar gewesen, dass hier ein anderer Trimmer einen Ort angelegt haben musste, um seinen wöchentlichen Lohn sicher zu verwahren. Einige Trimmer, so hieß es, verschwanden nachts im Wald und vergruben ihr wertvolles Gut. Dieses Versteck aber war besser geeignet, um rasch und unauffällig Geld und andere wichtige Dinge zu verbergen.

Stella drückt das Ende des Joints an der Steinplatte aus und zertritt den Rest auf dem Boden, bis er nicht mehr von der staubigen Mischung aus Sand, Kieseln und Papierresten zu unterscheiden ist. Sie steht auf und wedelt mit den Händen durch die Luft, um den Geruch zu vertreiben. Es wird von allen Angestellten der Suppenküche erwartet, dass sie drogenfrei leben, um Vorbild für die Besucher der Einrichtung zu sein. Der Pastor führt immer wieder Gespräche mit allen Mitarbeitern, die am besten gleich ganz auf den Konsum von Alkohol verzichten sollten, aber Stella weiß, dass sich die meisten ihr Feierabendbier nicht nehmen lassen. Bald werden die anderen kommen, um ihr beim Kochen zu helfen. Sie freut sich auf den Abend, vielleicht wird auch James wiederkommen. Als er vor drei Monaten plötzlich auftauchte, konnte sie es kaum glauben. So viele Jahre später, und trotzdem erkannten sie sich sofort. In der ersten Zeit waren sie noch vorsichtig gewesen, peinlich berührt davon, sich einander fremd und doch irgendwie nah zu fühlen. Dann aber war die Fremdheit einer alten Vertrautheit gewichen, und sie verbrachten viele Abende, nachdem Stella das Essen serviert und die Küche aufgeräumt hatte, Karten spielend im Gemeinschaftsraum.

Und manchmal erzählen sie einander auch von den Dingen, die ihnen in den letzten Jahrzehnten widerfahren sind, James von seinen weiten Reisen, sie von ihrem verstorbenen Ehemann. Die meiste Zeit aber verbringen sie einfach so miteinander, ohne den Blick nach hinten zu richten.

Pelophylax ridibundus

Jemand hat drei Autoreifen auf der gesäuberten Fläche abgelegt, und Tiff möchte sie am liebsten in Brand setzen. In ihrem Kopf bleibt vor Wut kein klarer Gedanke hängen, während sie mit geballten Fäusten im Hinterhof steht und gegen den Reifenhaufen tritt. Die Dinger bewegen sich nicht, keinen Millimeter. Sie tritt noch mal zu, aber was sich verändert, ist allein der Schmerz in ihren Zehen. Resigniert setzt sie sich auf den obersten Reifen. Wenn sie den herunternimmt, hat der Stapel eigentlich eine gute Höhe als Hocker. Nur die Sonne blendet. Also schleppt sie die Reifen zur Hauswand und legt zwei davon aufeinander. Dann zieht sie ein Brett aus dem Gerümpel bei den Mülltonnen. Es ist auf einer Seite etwas feucht, also dreht sie die trockene Seite nach oben, platziert es mittig auf den Reifen und setzt sich darauf. Mit dem Rücken an die Wand gelehnt, kann sie so den Hinterhof überblicken, die Wände hinaufschauen, an den die Sonne spiegelnden Fenstern entlang bis hoch zur viereckigen Fläche Himmel.

Wie blau der kleine Ausschnitt zwischen den Hauswänden wirkt. Wenn sie in den Himmel schaut, vermisst sie den Horizont, für den sie sich erst weiter aus dem Viertel hinausbewegen müsste. Vielleicht wird sie es irgendwann wieder auf eine Dachterrasse schaffen. Das letzte Mal hatte sie eine Aussicht über die Dächer der Stadt, als sie bei dem Content-Manager-Job über das Geländer der Dachterrasse kotzen musste.

Manchmal fragt sich Tiff, warum sie all die Warnzeichen nicht wahrgenommen hat. Immer wieder dieses kurze, erschreckte Einatmen der Monitornachbarn, die fahlen Gesichter in den Pausen. Kurz bevor sie alles hinwarf, hatte sie auf der Pausenbank ein junges Mädchen kennengelernt, das den Job gerade erst begonnen hatte. Sie saßen schweigend nebeneinander und tranken ihren Kaffee, als Tiff das plötzliche Bedürfnis überkam, diese fremde junge Frau zu beschützen.

Du musst kündigen. Wirklich. Das hier macht dich kaputt, sagte sie mit fester Stimme und versuchte dabei, ein nachdrückliches Gesicht zu machen. Vermutlich hatte das eher abschreckend gewirkt, dachte sie später. Aber in dem Moment hatte sie all ihre Energie darauf fokussiert, überzeugend zu wirken.

Das Mädchen schaute sie überrascht an und fragte, was genau sie meine.

Tiff versuchte zu erklären, dass auch sie am Anfang gedacht hatte, es würde so schlimm schon nicht werden und dass sie damit klarkäme, im Zweifelsfall eben längere Spaziergänge unternehmen würde oder einfach Witze über das Gesehene machen müsste. Dass sie die

Dinge nicht an sich heranlassen, den Bildern keine Angriffsfläche geben wollte.

Für eine Weile hat das auch funktioniert, denkt sie jetzt. Irgendwann aber hatte dann das haltlose Rauchen in den Pausen begonnen. Berührungen wurden ihr unangenehm, bei lauten Geräuschen war sie zusammengezuckt. Und dann hatten die Panikattacken eingesetzt.

Sie hatte das immer erschreckter dreinblickende Mädchen angesehen. Hau hier ab, hatte sie gesagt, solange du noch nicht kaputt bist. Alle glauben, dass es sie nicht betreffen wird. Alle. Aber irgendwann bricht jeder.

Sind es die Bilder, die so schlimme Auswirkungen haben?, hatte das Mädchen sie gefragt. Ihr Gesichtsausdruck zeigte jetzt eine große Verunsicherung. Sie steckte noch in der Anfangsphase mit den Bildern von Brüsten und urheberrechtsverletzenden Memes, und sie hatte keine Ahnung, was noch auf sie zukommen würde.

Tiff hatte ihr erklärt, dass sie mit den Wochen für immer mehr Moderationskategorien freigeschaltet werden und dass sich die Intensität des Gesehenen extrem steigern würde. Sie bemühte den Vergleich mit dem Frosch im Kochtopf, der starb, weil er nicht heraussprang, als er es noch konnte. Wahrscheinlich aber war diese Geschichte frei erfunden. Sie konnte sich nicht vorstellen, dass Frösche sich bei lebendigem Leibe kochen ließen. Aber es war ein überzeugendes Bild, und darum ging es. Das Mädchen hatte sich mit besorgtem Blick bei ihr bedankt und war zurück an ihren Schreibtisch gegangen.

Ob Tiffs Warnung etwas bewirkt hatte, wusste sie nicht, aber während sie ihre Erlebnisse vor der jungen Frau formuliert hatte, war ihr selbst klar geworden, dass sie mit alldem aufhören musste. Sie hatte kurze Zeit später gekündigt und sich für die restlichen Vertragswochen krankgemeldet. Die Geldsorgen waren zurückgekehrt, hinzu gekommen waren Angst und Panikattacken.

Tiff sitzt auf dem Reifenhocker und denkt an die Bilder, an die Monate, als sie kaum aus dem Haus gehen konnte, an die vielen Spaghetti-mit-Ketchup-Mahlzeiten, die Leon hatte essen müssen, weil ihr entweder das Geld fehlte oder die Angst sie vom Einkaufen abhielt. Wenn sie sich daran erinnert, wie oft Leon neben ihr im Bett saß, aufgeschreckt von ihren Albträumen, und sie desorientiert durch die Wohnung schaute, dann muss sie das Nachdenken stoppen, bevor der Tag vollkommen ruiniert ist.

In ihrer Hosentasche vibriert es. Sie schreckt hoch und blickt auf das Handy. Der Kindergarten hat schon zwei Mal versucht, sie zu erreichen. Sie war so abgelenkt, dass sie vergessen hat, Leon abzuholen.

Cepaea hortensis

Die Geheimhaltungsvereinbarung ist von *ExtraEye* angenommen worden, und Tiff bekommt über einen eigenen Account die ersten Videos zugewiesen. In der beigefügten Erklärung steht, dass die Mitschnitte 24 Stunden auf der Online-Plattform für sie bereitgestellt werden. Schafft sie es in der Zeit nicht, die Videos zu schauen, werden sie für einen anderen Automaton freigegeben. Obwohl es nicht explizit dasteht, ahnt sie natürlich, dass sie nicht zu oft Aufträge ausfallen lassen sollte. Es gibt genügend andere, die bereit sind, diese Aufgabe zu übernehmen.

Es ist ihr erlaubt, die Überwachungsaufnahmen in anderthalbfacher Geschwindigkeit anzusehen, und sie darf zwischendurch Pausen machen. Deshalb kann sie zwei Stunden lang das Video eines langen Flures ansehen, sich dabei den Pyjama überziehen und Leon auf die Toilette helfen. Bei anderen zeitabhängigen Aufträgen sind Pausen meist nicht gestattet, weil dann die Resultate verfälscht werden.

In der ersten Aufzeichnung passiert nicht viel, sie ist ohne Ton. Vielleicht erscheinen ihr deshalb die Geräusche in ihrer Wohnung besonders laut. Das Bild auf dem Monitor verändert sich kaum, während die Uhr in der Küche auf der anderen Seite des Wohnungsflurs hörbar und regelmäßig tickt und der Kühlschrank gurgelt. Von draußen dringt gedämpfter Lärm der Straße durch das Küchenfenster zu ihr, im Hinterhof ist es ruhig. Sie merkt, wie ihre Sinne sich schärfen, jedes Knacken plötzlich bedrohlich wirkt, und versucht, das unangenehme Gefühl mit Musik zu ersticken. Sie schaut weiter auf den Bildschirm.

Zwei Mal kommt eine Person im hellen Arbeitsoverall und mit Gesichtsmaske aus einer Tür im Bildhintergrund, geht den mit grauem Bodenbelag ausgelegten Flur entlang und durch eine andere Tür weiter vorne im Bild wieder hinaus. Aufgrund der beschleunigten Geschwindigkeit wirken die Bewegungen seltsam abgehackt. Die jeweiligen Personen im Bild sind durch die Schutzkleidung so unspezifisch gemacht, dass Tiff unsicher ist, ob sie nicht nur ein und denselben Menschen sieht. Sie beschließt, nicht zu viel Zeit darauf zu verwenden, darüber nachzudenken, was in den Videos zu sehen ist. Stattdessen trägt sie die Zeiten in die Eingabemaske ein, in denen sich Personen im Flur bewegen, und fügt kurze Beschreibungen hinzu.

Nach dem ersten Video steht sie kurz auf und streckt ihren Körper. Von unten auf der Straße hört sie eine Gruppe Betrunkener grölen. Sie geht in die Küche, um das gekippte Fenster zu schließen, damit Leon nicht aufwacht. Als sie sich über die Spüle zum Fenstergriff beugt, sieht sie auf dem Sims einen Schatten. Für einen Moment denkt sie, dass jemand einen Stein hochgeworfen hat, aber es ist eine kleine runde Schnecke. Das Tier muss von seinem Weg abgekommen sein, denn im gesamten Stockwerk hängen zur Straßenseite hin keine Balkonkästen oder Blumentöpfe. Sie nimmt ein welkes Salatblatt aus dem Gemüsefach des Kühlschranks und legt es vor die Schnecke.

Danach geht sie zurück an den Schreibtisch und beginnt mit dem zweiten Video. Die Kamera ist diesmal auf eine Eingangstür und ein Rolltor gerichtet, das aussieht wie die Läden vor Geschäftsauslagen oder Einfamilienhausfenstern. Das aus der Tür dringende Licht und eine Lichtquelle, die nicht im Bildausschnitt zu sehen ist, wahrscheinlich von einer Laterne, tauchen Straße und Tor in ein schummriges Licht. Früher fand Tiff solche Rollläden schauderhaft, das Gefühl, sich in einem Gebäude völlig einzuschließen und nur noch durch die Tür schnell hinauskommen zu können. Sie denkt daran, dass es einmal eine Zeit gab, in der sie es unangenehm fand, auf diese Weise eingeschlossen zu sein, als bräuchte es für das Eingesperrtheitsgefühl blickdichte Läden vor den Fenstern.

Langsam lässt ihre Konzentration nach. Kein Wunder nach dem bereits zweistündigen Starren auf ein ereignisloses Setting. Gut, dass sie ihren Bildschirm splitten und parallel ein wenig mit den anderen chatten kann, damit sie nicht am Computer einschläft. Sie fragt sich, wie Nachtwächter früher die Zeit totgeschlagen haben, in einem Kabuff sitzend, ohne besondere Ereignisse und mit nur sehr beschränktem Fernsehprogramm. Vielleicht haben sie gelesen, denn telefonieren war auch nicht gerade günstig.

CHAT 3

TiffCat: Ich habe gerade zwei Stunden auf einen Flur geschaut und euch online vermisst. *1:11*

Nik78: Glaube, das hatte ich heut Vormittag schon. So ein langer Flur mit vielen Türen und wenig Action? *1:12*

TiffCat: Grauer PVC-Boden? *1:12*

Nik78: Exakt. Irgendwas Undefinierbares. Könnte eine Klinik sein. An der Wand rechts eine Art Schaukasten, aber man kann nichts drin erkennen, hab mal in einen Screenshot gezoomt. *1:13*

TiffCat: Ist bei dir was Interessantes passiert? *1:13*

Nik78: Überhaupt nicht. Ganz am Ende der ersten Stunde kam eine kleine Person in so einem weißen Schutzanzug aus einer Tür, ging den Flur entlang und verschwand wieder. *1:14*

TiffCat: Bei mir waren es zwei, die aufgetaucht sind. Auch in Schutzanzügen und nicht näher erkennbar. Hab den Timestamp angegeben, und fertig. Jetzt sehe ich ein Rolltor, und es ist so langweilig, dass ich die ganze Zeit gähnen muss. *1:16*

Nik78: Ich hab nach dem grauen Flur noch nicht weitergemacht. Wollte gleich starten. Hast du geteiltes Fenster und schaust beim Chatten? *1:17*

TiffCat: Ja, genau. Ansonsten würd ich nicht durchhalten. Machst du auch an? *1:18*

Nik78: Ja, bin dabei. *1:21*

TiffCat: Bei mir ist eine Milchglastür rechts im Bild und ein großes graues Rolltor direkt daneben. Hinter der Tür sehe ich Licht, mehr nicht. Das Licht geht auch nicht aus. Es geschieht nichts. *1:27*

Nik78: Ja, echt langweilig. Ich warte die ganze Zeit, dass irgendwas läuft, das die Überwachungskamera rechtfertigt, ein Überfall oder ein Diebstahl. *1:32*

TiffCat: Es passiert einfach null. Zumindest ist das Setting mit diesem Tor einigermaßen gruselig. Im Film würde hier ein Verbrechen passieren. Es sieht einsam und unheimlich aus. *1:34*

Nik78: Die Laborflure sind dafür sehr steril, das kann auch unheimlich wirken. *1:35*

TiffCat: Hab gerade mal reingezoomt und geschaut, was auf dem Rolltor steht. Da sind mehrere unleserliche Tags und ein größeres Graffito, *Strobes* steht da, glaub ich. *1:42*

Nik78: Ich hab eine Lagerhalle. Sieht so ähnlich aus wie bei dem Testvideo. Wahrscheinlich derselbe Ort. Mal schauen, ob wieder ein Tier auftaucht. *1:43*

TiffCat: Hier ist gerade ein älterer Mann mit Hund ins Bild gekommen. Er hat einen richtig dicken Bart, hellgrau. Jetzt setzt er sich vor das Rolltor. Wahrscheinlich ist da Windschatten. Sieht obdachlos aus, zumindest hat er Tüten und eine Isomatte dabei. *1:52*

Nik78: Und der Hund? Bei mir ist noch nichts passiert. Ist auch ziemlich schummrig in der Halle. *1:55*

TiffCat: Der Hund ist eher klein und dunkel. Längere Ohren. Ganz niedlich, liegt jetzt zusammengerollt neben dem Mann. Ich glaube, die schlafen gleich. *1:55*

Nik78: Ob sie die Videoaufnahmen mehrfach vergeben? Möglicherweise schon, um die Fehlerquote zu reduzieren. *1:56*

TiffCat: Hab ich mich auch gefragt. Wahrscheinlich kann man deswegen auch nicht zu viel parallel machen, weil die so kontrollieren können, ob man den Kram auch wirklich anschaut. *1:56*

Nik78: Bin gespannt, ob wir irgendwann dasselbe Video bekommen. Bei mir ist gerade ein Mann in dunklem Hemd mit Taschenlampe durch die Halle gegangen. Sieht aus wie ein Nachtwächter. *1:58*

TiffCat: Du beobachtest also den Nachtwächter, wahrscheinlich können die so überprüfen, dass der nicht wegpennt. *1:59*

Nik78: Mal sehen, was Stari heute hat. Sie war noch nicht online. *1:59*

TiffCat: Du schaust auch in anderthalbfacher Geschwindigkeit, oder? *2:01*

Nik78: Klar, sonst wird man ja bekloppt. *2:04*

TiffCat: Ich mag es, wenn die Menschen sich so komisch bewegen. Der Mann bei mir schläft, denke ich, aber sein Hund ist noch wach. Er schlägt manchmal mit dem Schwanz, und in der Geschwindigkeit sieht das aus wie bei einem Roboterhund. *2:04*

Nik78: Da muss ich sofort an diese gruseligen Roboter denken, die aussehen wie Überwachungsmaschinenhunde aus der Apokalypse. Warte, ich such mal ein Video. *2:05*

TiffCat: Ja, die sind krass. Hab neulich in einem Thread auf Twitter gesehen, dass die tatsächlich schon in New York auf Patrouille sind. Aber die Robo-Dogs sind wohl immer noch relativ leicht auszuschalten, weil die nur mit Kameras, ganz ohne weitere Sensoren funktionieren. *2:05*

Nik78: Ja, glaube, das ist nur ein Vorgeschmack. Es gibt doch auch diesen Robo-Dog zum Spielen, so ein weißer, der aussieht wie Snoopy. Den find ich ganz niedlich. *2:06*

TiffCat: Der kleine Hund bei mir hat sich gerade gedreht. Der sieht überhaupt nicht wie Snoopy aus, ist viel dunkler. Ich kann nicht erkennen, ob er irgendwo helle Flecken hat. Die schlafen jetzt beide, und ich bin fast durch mit dem Video, dann geh ich auch ins Bett. *2:07*

Nik78: Schlaf gut! 😴 *2:08*

Bugholz

Stella hat Richard nach Hause geschickt, weil sie sein Gejammer über das Geschirr nicht mehr hören konnte. Vor einigen Monaten haben sie beschlossen, die Mahlzeiten nicht mehr auf Einweggeschirr auszuteilen, sondern stattdessen wiederverwendbare Teller und Gläser zu benutzen. Ein Teil der Freiwilligen hat sich mit der neuen Struktur immer noch nicht abgefunden, aber Stella ist froh, dass die Regeln verändert wurden. Es ist ihr wichtig, ein schönes Essumfeld herzustellen. Die Gäste sollen fühlen, dass sie mehr wert sind als Wegwerfgegenstände, dass die Mehrarbeit des Spülens für sie geleistet wird. Ein gedeckter Tisch mit Keramikgeschirr fühlt sich anders an als Plastikschalen und Pappteller. Dafür müssen nun nach den Mahlzeiten die Geschirrwagen in die Küche gerollt und die beiden Spülmaschinen befüllt werden. Für die Zubereitung und das Austeilen der Mahlzeiten sind immer genügend Freiwillige da, aber viele gehen, sobald die Essensausgabe vorbei ist, und am Ende bleibt die Aufräumarbeit an nur wenigen Personen hängen. Trotzdem ist es besser, hier in Ruhe zu arbeiten, als sich ständig das Gemecker irgendeines Unzufriedenen anzuhören, denkt Stella.

Einige der Gäste sitzen im Aufenthaltsbereich und ruhen sich aus. Stella schaut einmal in den Raum hinein, es stehen noch Cracker und Limonade bereit, aber die meisten sind wohl zu satt und zufrieden, um sich Nachschub zu holen. Lindy füllt das Regal mit den Hygieneprodukten auf, Tampons, Binden, Zahnbürsten und kleine Zahnpastatuben. Sie haben in den Wochen seit der Einführung dieses Angebots gelernt, dass es besser ist, die Gegenstände regelmäßig in kleinen Mengen nachzufüllen, weil sie so sicherstellen können, dass niemand zu viel einsteckt und alle die Chance haben, sich auszustatten.

Stella beginnt, einen der fertigen Geschirrspüler auszuräumen. Das Küchenradio läuft im Hintergrund, und sie arbeitet schweigend. Neben ihr spült Paola die Teller vor. Sie flucht leise, weil ihr Wasser am Schaft in die Gummihandschuhe läuft, entschuldigt sich sofort und sieht, als sie sich umgeschaut hat, erleichtert aus, dass nur Stella mit im Raum ist. Sie gibt sich Mühe, Paola besonders milde anzuschauen. Sie weiß, dass Fluchen bei den meisten Freiwilligen verpönt ist, und muss sich selbst oft zurückhalten, dass ihr der Ärger nicht rausrutscht.

James ist heute nicht gekommen. Sie hat beim Verteilen des Essens immer wieder zur Eingangstür geblickt und sich irgendwann gezwungen, besonders viel in der

Küche zu arbeiten, um nicht diese kleinen Enttäuschungsstiche zu spüren.

Irgendwann ist Lindy aufgefallen, dass Stella außergewöhnlich viele Rauchpausen eingelegt hat, besonders häufig allein hinausgegangen ist. Auf die Frage, ob alles okay sei, wusste Stella nichts zu antworten, nickte bloß. Selbstverständlich ist alles okay. Wie kann sie Erwartungen aufbauen und sich Verlässlichkeit von James erhoffen? Als wüsste sie es nicht besser, als hätten sie keine Geschichte, als würden nicht sowieso alle Menschen immer wieder ähnliche Wege beschreiten, sich wieder und wieder genau die Menschen suchen, die alte Wunden zu frischen Verletzungen machen.

Als sie James das erste Mal gesehen hat, auf einem Klappstuhl mit aggressiv farbenfrohem Blumenmuster sitzend, zwischen seinen Füßen ein weißer Plastikeimer, in der Hand die kleine Trimmerschere, war sie mit Cove gerade für die Ernte angekommen. Selbstverständlich hatte man in der Fischfabrik nicht akzeptiert, dass sie ohne Vorankündigung weggeblieben war, aber es hatte sie nicht gestört, diesen Job zu verlieren. Sie fühlte sich mutiger als sonst. Der Gedanke an die Arbeit in der Fabrik war ihr von einem Tag auf den anderen unmöglich erschienen. Sie hatte genug Erspartes, um die Wohnung weiter zu bezahlen. Der Schritt in ein Leben ohne festen Wohnort erschien ihr noch zu groß, auch wenn Cove seit ihrer ersten Begegnung genau davon schwärmte.

Das Telefon auf der Anrichte klingelte vermutlich pausenlos, seit sie nicht in der Fabrik erschienen war, aber sie war die meiste Zeit sowieso nicht zu Hause. Man kannte sich in der kleinen Stadt und versuchte herauszufinden, was die anderen taten, nicht nur aus Sorge füreinander, sondern auch um aufzupassen, dass das Leben zwischen Holzindustrie und Fischerei seinen geregelten Gang ging, niemand zu sehr von den Lebenswegen abwich, die in dieser Gegend vorgegeben waren.

Nach einigen gemeinsamen Wartetagen, die sie vor allem an den Stränden im Norden verbracht hatten, zu denen sie mit Stellas altem Ford fuhren, erschien Coves Kontakt am vereinbarten Treffpunkt. Darrell war keiner von den Hippies, die auf der Suche nach einem Leben in der Natur gekommen waren und den Sinsemilla-Anbau vorangetrieben hatten. Er trug Cargohosen, ein kariertes Hemd und eine Schirmmütze und sah aus, wie sich Stella einen ehemaligen Marine vorstellte, nur der dicke Vollbart passte nicht zu diesem Eindruck. Er begrüßte beide mit Handschlag und ließ sich von Cove rasch überzeugen, auch Stella mitzunehmen.

Sie warfen ihre Taschen auf die Ladefläche seines Pick-ups. Auf dem Beifahrersitz, der Platz genug für beide Frauen bot, lag ein Gewehr, das Darrell hinter seinem Sitz verstaute. Sie fuhren durch die hügelige Landschaft, bis irgendwann der Asphalt der Straße endete und stattdessen Schotter gegen den Unterboden prasselte. Die Bäume rückten immer näher an die Straße heran. Ein Abzweig auf der rechten Seite war durch ein Metallgitter mit Zahlenschloss versperrt. Darrell sagte, dass die Diebstähle kurz vor der Ernte von Saison zu

Saison immer mehr zunähmen, und stieg aus, um das Gatter zu öffnen.

Stella blickte fragend zu Cove, die ihr erklärte, dass die einzelnen Pflanzen große Colas, so hießen die Hauptblüten, produzierten. Viele der Colas würden mehrere Hundert Gramm wiegen und seien einige Hundert Dollar wert. Der Diebstahl der Pflanzen kurz vor der Ernte sei deshalb besonders lukrativ. Darrell, der sich wieder hinter das Steuer gesetzt hatte, nickte und fügte hinzu, dass die Farmer deshalb zu immer drastischeren Sicherheitsmaßnahmen greifen würden. Manche hätten Selbstschussanlagen zwischen ihren Pflanzen aufgestellt oder Schnüre mit Angelhaken präpariert, um Diebe abzuhalten. Er empfahl Stella, bei Spaziergängen nicht zu weit von den markierten Wegen abzuweichen.

Sie fuhren einen Hügel hinauf, auf einigen Feldern am Straßenrand wuchs Mais, vermutlich waren die Cannabispflanzen inmitten der Felder verborgen, unsichtbar gemacht für Passierende. Am Ende der Straße stand ein Haus, ordentlich gestrichen, Dachschindeln aus Holz und eine Veranda mit Sitzbank. Hühner liefen frei herum, Darrell parkte den Pick-up vorsichtig, um keines davon zu überfahren.

Brenda ist mit den Kindern zurück nach Sacramento gezogen, sagte er zu Cove, als sie gemeinsam in Richtung des Hauses gingen. Sie nickte verständnisvoll, und Stella beschloss, lieber später nachzufragen, wer Brenda war.

Hinter dem Haus begann der Wald. Sie bogen auf

einen Pfad ein, der zwischen Bäumen hindurchführte, von denen einige so dicke Stämme hatten, dass Stella sie mit beiden Armen nicht hätte umschließen können. Auf einer Lichtung stand ein großer Schuppen, durch ein gekipptes Seitenfenster konnte sie Regale erkennen, auf denen Pflanzenteile lagen. Die Luft roch nach Harz.

Hier trocknen die geschnittenen Blüten, damit sie nicht schimmeln, erklärte Cove ihr im Vorbeigehen.

Nahe an den Bäumen stand ein großes Familienzelt neben drei kleineren Zelten. Ihr könnt euch das blaue teilen, sagte Darrell und zeigte auf das kleinste.

Sie trugen ihre Taschen dahin und öffneten die Plane an der Vorderseite. Es roch moderig, als wäre der Stoff zu lange feucht gelagert worden. Im Innern lagen zwei gestreifte Matratzen, die mehr wie die Auflagen von Sonnenliegen wirkten. Auf beiden jeweils ein olivgrüner Schlafsack.

Ich hab das Bettzeug frisch gewaschen, sagte Darrell, als sie wieder herauskrochen. In diesem Jahr werden auch Mo und Heather wieder mit dabei sein, aber die kommen erst in einer Woche. James ist zum zweiten Mal hier, ihr kennt euch ja schon. Der Rest ist auf dem Feld und beschneidet die Pflanzen. Als er Stellas fragenden Blick sah, schob er in leicht genervtem Ton hinterher: Man schneidet die unteren Zweige mit kleineren Blüten weg, damit die Hauptblüte größer und kräftiger werden kann.

Gemeinsam gingen sie zu dem großen Zelt. Auf einer Plastikplane lag ein Haufen aus einzelnen Blüten und den riesigen Endblüten, die groß wie Auberginen waren.

Davor saß James auf einem Klappstuhl und brachte mit einer Schere die Blätter in Form. Sein Gesicht war von einem kurzen rötlichen Bart bedeckt, seine dunkelblonden Haare standen mit der leicht öligen Strubbeligkeit um seinen Kopf, die entsteht, wenn man sie länger nicht richtig wäscht. Die über sein Gesicht verteilten Sommersprossen ließen ihn irgendwie kindlich aussehen.

Sie setzten sich zu ihm, nachdem Cove und James sich kurz begrüßt hatten. Stella bekam eine Schere, und die anderen erklärten ihr, wie sie als Erstes die Blüten von den Hanfstängeln abtrennen sollte, um sie danach einzeln in die richtige Form zu bringen. Die abgetrennten Blätter und Blütenteile sammelten sie in einem anderen Eimer, den Darrell einmal am Tag mitnahm, um aus dem an den Pflanzenresten klebenden Harz Haschisch zu produzieren.

Ihr bekommt wieder hundert Dollar pro Pfund getrimmter Blüten, sagte er. Das ist großzügig, auf den anderen Farmen in der Umgebung lassen sie die getrockneten Stängel beschneiden, und man arbeitet mehr für ein Pfund. Ich schreibe jeden Abend eure Zahlen auf, und wir rechnen am Ende der Woche ab. Ihr dürft die getrockneten Blätter aus dem Haschisch-Eimer rauchen, aber wenn ihr meine Blüten klaut, schmeiß ich euch raus. Sucht euch jede eine Eimerfarbe aus, damit wir sie zuordnen können. James hat den weißen Eimer.

Stella wählte also dunkelblau, und Cove nahm gelb. Das Beschneiden der Pflanzen erwies sich ohne Vorerfahrung als sehr mühselig, die harzigen Blätterreste klebten Stella überall an den Händen. James bot ihr Kokosöl aus einem Schraubglas an, das durch die Wärme der Luft ganz flüssig war. Mit eingeölten Fingern lief es besser, die Arbeit ging leichter voran. Er erklärte ihr auch, dass manche Farmer für ihre Trimmer Gummihandschuhe kaufen würden, Darrell aber zu geizig sei. Dafür sei das Essen, das er morgens und abends serviere, in Ordnung.

Nach mehreren Stunden Schneidearbeit taten Stella Rücken und Hände weh. Es war wie in der Fabrik, bloß dass sie hier nicht Schalentiere aufbrach, sondern klebrige Blüten stutzte, damit sie später gute Preise erzielten. Cove machte immer wieder lange Rauchpausen, und dennoch war der gelbe Eimer stets genauso voll wie ihr dunkelblauer.

Vor dem Abendessen kam Darrell zum Wiegen und schrieb die Ergebnisse in ein Notizbuch. Als er dann die Eimer zum Trockenschuppen brachte, notierte James sich die eigenen Zahlen auf einem Zettel, den er in der Hosentasche bei sich trug.

Stella fragte, ob er auch ihre und Coves Zahlen mit festhalten könne, Cove aber lachte nur und sagte, sie würde Darrell vertrauen. Stella und James schauten einander an, und mit einem Nicken zog er den Bleistift noch einmal hervor und notierte auch die Angaben für sie beide auf seinem Zettel.

Zum Abendbrot brachte Darrell später einen großen Topf Dosenravioli vorbei, den er auf einer Schubkarre zur Lichtung fuhr. Dazu gab es Einweggeschirr und Alubesteck und in einer Styroporkühlbox hinter dem Trockenschuppen außerdem Getränkedosen: Cola, Limonade und Bier zwischen Tüten mit halb geschmolzenen Eiswürfeln.

Darrell rechnete die Kosten für die Verpflegung pauschal als Tagesgebühr ab, hatte er ihnen bereits auf der Hinfahrt angekündigt. Stella war sich sicher, dass der Tagessatz deutlich höher angesetzt war als der Preis für Dosenravioli, aber sie hatte nichts anderes erwartet. Sie überraschte nur, dass sowohl Cove als auch James lauwarme Ravioli als gutes Essen empfanden, und fragte sich, was man den Arbeitern der anderen Farmen wohl servierte. Cove hatte erzählt, dass in den früheren Jahren Brenda das Essen gebracht hatte, die beiden bei den Mahlzeiten aber nie dabei gewesen waren. Vermutlich hatten sie es im Haus besser gehabt.

Darrell stellte die Schubkarre bei den Zelten ab, nahm sich ein Bier aus der Kiste, wünschte ihnen einen guten Appetit und ging zurück ins Haus. Die anderen Saisonarbeiter waren mittlerweile vom Feld gekommen, mit roten Gesichtern und verschwitzten Haaren. Für das Schneiden der Pflanzen zahlte Darrell einen Pauschalpreis, überhaupt schien er pauschale Deals zu lieben, dachte Stella.

Ein älterer Mann mit einer Lücke zwischen den Schneidezähnen, die ihn nicht lustig, sondern eher bedrohlich aussehen ließ, stellte sich als Cookie vor. Eine magere Frau mit strähnigen Haaren und sich abschälender Sonnenbrandhaut auf den Wangen, die nicht viel älter als Stella aussah, hieß Olivia, und ein schweigsamer Junge mit schwarzen Locken sagte nur, dass er Toni heiße, und blieb ansonsten den ganzen Abend still.

Nichts zu sagen war allerdings auch nicht schwierig, weil Cove pausenlos erzählte. Von einer Reise nach San Diego, bei der sie ganz sicher in einem Spukhaus übernachtet habe, von den Rezepten einer ihrer Tanten, die in alles Tomatensuppe aus der Dose hineinkippten, und von einem Baseballturnier, bei dem sie einmal den Ball aufgefangen habe, und zwar mit ihrem Trinkbecher. Sie redete und redete, bis Stella sich irgendwann in das gemeinsame Zelt verabschiedete.

Cove kam nur kurze Zeit später hinterher und legte sich auf ihre Seite. Jeder Stein war durch die schmale Schlafunterlage zu spüren. Obwohl sie mehrere Joints geraucht hatte, war Cove aufgekratzt wie bei einem Schulausflug. Stella tat der Rücken weh, und sie fühlte sich erschöpft von all den neuen Eindrücken. Kurz bevor sie wegdämmerte, erklärte ihr Cove, dass sie ihr Geld und die Armbanduhr am nächsten Tag besser nicht im Zelt lassen solle, die Trimmer würden einander immer warnen, dass viel gestohlen werde.

Die zweite Geschirrspülmaschine piept. Paola ist fertig mit dem Vorspülen und beginnt damit, neben Stella die Maschine auszuräumen, während Stella den Rücken streckt. Es knackt zwischen ihren Schultern, die Verspannungen sind chronisch, aber regelmäßige Dehnübungen helfen zumindest weiter. Vielleicht ist es nur logisch, dass James wieder genauso rasch aus ihrem Leben verschwindet wie beim letzten Mal, denkt Stella und trocknet Wasserreste von den Gläsern, die sie zusammen mit Paola aus der Maschine zieht. Es hatte schon damals keinen Raum für dauerhafte Beziehungen mit anderen Menschen für ihn gegeben, warum also sollte es nach einem so lang allein verbrachten Leben plötzlich anders sein? Sie wird aufhören, während der Schichten in der Suppenküche auf ihn zu warten, nicht mehr in Richtung der Tür schauen, darauf hoffend, dass er zurückkommt.

Canis lupus familiaris

Mikael sitzt neben ihr auf einem Gymnastikball, dessen Farbe zu einem kränklich wirkenden Gelb ausgeblichen ist. Tiff hatte ihn nach Leons Geburt gekauft, um den Säugling besser wippen zu können, wenn er seine nächtlichen Schreianfälle bekam und sich anders nicht beruhigen ließ. Der Bildschirm vibriert von Mikaels anhaltendem rhythmischem Auf und Ab. Warum ist es wohl so viel einfacher, die Penetranz von Erwachsenen zu ertragen als die von Kindern, fragt sie sich und starrt weiter auf den Monitor. Akzeptiert man die Dinge leichter mit dem Wissen, dass kein Machtwort hilft?

Vor ihr ist schon wieder der Ausschnitt des Rolltors. Sie hat in den letzten Tagen verschiedene Videos von *ExtraEye* durchgeschaut, mehrfach das Tor dabeigehabt, zwei verschiedene Lagerhallen, den Klinikflur. Einmal hat sie auch eine private Auffahrt in einem sehr wohlhabend wirkenden Bezirk beobachtet, wahrscheinlich in den USA, zumindest sah der Briefkasten aus wie in amerikanischen Spielfilmen: so eine Metallröhre mit

Fähnchen, in die man die Zeitung steckt und bei der sie sofort an die 1950er-Jahre denkt, an rauchende Vorstadtväter in Bademänteln, die sich zum Frühstück die Zeitung aus dem Kasten vom Ende der Auffahrt holen. Vorstädte, in denen immer die Sonne scheint, und alle Familien haben zwei Kinder, einen Jungen und ein Mädchen, und die Frauen haben Locken, die perfekt am Kopf liegen. Ob diese Kästen heute noch für Zeitungen benutzt werden? Sie hat seit einer Ewigkeit keine mehr in der Hand gehabt.

Stari und Nik hatten ähnliche Szenarien, fast ausschließlich uninteressant. Unter Staris Aufnahmen war auch einmal das Rolltor mit Mann und Hund. Lagerhallen hatten sie alle. In Niks Datenset war außerdem eine Sequenz aus einem Labor mit Käfigen, deren Inhalte nicht zu sehen waren und die von einer sehr kleinen Frau mit langen Locken, die zu einem losen Zopf zusammengefasst waren, mit Wasser und Futter bestückt wurden.

Sie chatten bei der Arbeit, sonst wäre es zu langweilig, teilen Screenshots (obwohl das streng verboten ist) und malen sich aus, was sich hinter den verschlossenen Türen der sterilen Flure verbergen könnte. Die beiden Lagerhallen haben sie Marder- und Kisten-Halle getauft.

Mikael hat heute Abend nichts zu tun und sagte, er habe Lust, ihr bei der Arbeit als virtuelle Nachtwächterin Gesellschaft zu leisten. Wahrscheinlich bricht Tiff schon wieder die Geheimhaltungsvereinbarung, aber sie weiß, dass er nicht darüber sprechen wird. Wer sollte sich auch für die Monotonie dieser Überwachungen interessieren? Es ist kein Wunder, dass diese Aufgabe in Zukunft einer Maschine übertragen werden soll.

Die Spannung in Mikaels Erwartung deckt sich offensichtlich nicht mit der Wirklichkeit, denn er hat schon mehrmals heimlich gegähnt. Wahrscheinlich wippt er, um wach zu bleiben. Sie unterhalten sich über Tiffs Projekt, den Innenhof neu zu gestalten. Mikael kann immer noch nicht glauben, dass sie die Rattenmatratze angefasst hat. Obwohl sie ihm schon zum dritten Mal erklärt, dass sie Schutzhandschuhe getragen hat, verzieht er angewidert das Gesicht. An seinem Haus in Schweden habe er einen kleinen rattenpissefreien Garten, erzählt er. Vermutlich ist ihm der Hinterhof deswegen auch nicht wichtig. Er ist ja immer nur kurz in der Stadt. Irgendwann will sie ihn in Schweden besuchen, nicht immer nur Bilder sehen oder schiefwinklige Aufnahmen beim Videochatten.

Gerade erzählt sie, dass sie überlegt, einen der Autoreifen zu einem kleinen Blumenbeet zweckzuentfremden, als wieder der vollbärtige Mann mit Hund vor dem Garagentor auftaucht. Wegen der beschleunigten Abspielgeschwindigkeit wirkt er wie eine Aufziehpuppe, als er seine Taschen und Tüten abstellt und eine Isomatte ausrollt. Der Hund dreht sich so schnell im Kreis, dass Tiff lachen muss.

Der Mann nimmt die Nische zwischen Rolltor und Wand als Schlafplatz, sagt sie und zeigt mit dem Finger auf den Bildschirm.

Da ist es sicher windgeschützt. Kommen manchmal eigentlich auch andere Menschen vorbei?

Ich habe zwei Mal ein Auto gesehen, ansonsten sind das einzig Erwähnenswerte dieser Mann und sein Hund.

Und wisst ihr, wo die Videos aufgezeichnet werden?

Bei den meisten Aufnahmen kann man es nicht genau sagen. In einer habe ich mal einen Briefkasten gesehen, der amerikanisch wirkte. *ExtraEye* sitzt in den USA, also vermute ich, dass auch viele Kunden von dort kommen. Aber keine Ahnung, wie viele Kunden die überhaupt haben und wie weit die trainierte KI zur Auswertung ist.

Man fragt sich ja schon, wer eine Überwachung braucht, die nicht von Menschen ausgewertet wird.

Wahrscheinlich helfen wir irgendwie dabei, einen Algorithmus zu trainieren, der später für ganz andere Sachen als für Überwachungsvideos von Lagerhallen eingesetzt werden kann.

Das habe ich auch schon gedacht. Aber eigentlich finde ich den Gedanken, dass Computer Bilder auswerten, nicht so schlimm, vor allem wenn ich an die Folgen deines Jobs als Content-Moderatorin denke.

Mikael streicht ihr über den Arm. Sie reden so gut wie nie über die Bilder, die Tiff gesehen hat. Er weiß bloß, dass es immer unerträglicher für sie geworden war. Irgendwann hat er ihr vorgeschlagen, sich eine Selbsthilfegruppe zu suchen, um über diese Traumata zu sprechen. Solche Gruppen gebe es auch virtuell, sie müsse dafür nicht mal die eigenen vier Wände verlassen. Aber immer wenn sie Beschreibungen von diesen Treffen liest, fühlt sie sich fehl am Platz. In den Gruppen, die sie online aufgetan hat, treffen sich Menschen, die Angehörige verloren haben, die im Krieg waren, die schlimme Dinge am eigenen Leib miterlebt haben, und nicht ehemalige Content-Moderatorinnen, die Schreckliches auf einem Bildschirm mit ansehen mussten. Im Nachhinein ärgert sie sich, dass sie keine Kontaktdaten der anderen Moderatoren abgefragt hat, vielleicht hätte man sich gegenseitig helfen und Wege finden können, das alles zu verarbeiten. Vermutlich aber waren die Pausenslots absichtlich so gelegt, dass man kaum miteinander ins Gespräch kam.

Liest der seinem Hund gerade vor?, fragt Mikael plötzlich und reißt Tiff aus ihren Gedanken.

Tatsächlich sieht es so aus, als würde der Mann laut vorlesen. In der einen Hand hält er ein Buch, und er bewegt definitiv die Lippen. Dabei sitzt er bequem an das Rolltor gelehnt, die Beine übereinandergeschlagen. Der Hund liegt zusammengerollt daneben.

Tiff pausiert das Video und zoomt ins Bild hinein. Das Buchcover ist kaum zu erkennen, dunkelblauer Hintergrund und in der unteren Hälfte etwas, das aussieht wie zwei Menschen, aber es könnten auch helle Felsen sein. Der Mann hat seine Hand über dem Titel. Tiff kann die Buchstaben nicht erkennen, aber an der Oberkante des Buchdeckels steht der Name des Autors groß in weißer Schrift.

Kennst du den?, fragt Mikael, aber ihr sagt der Name nichts.

Gemeinsam schauen sie bei Wikipedia nach und finden heraus, dass es sich um einen amerikanischen

Krimiautor aus der Mitte des 20. Jahrhunderts handelt. Sie suchen mit der Bildersuche nach dem Namen und sehen zahlreiche Buchumschläge, aber keiner davon ähnelt dem aus dem herangezoomten Bild. Nach kurzem Scrollen durch die Ergebnisse erlahmt ihr Interesse.

Mikael ist sowieso müde und verabschiedet sich ins Bett, während Tiff noch den Zeitstempel einträgt, bei dem der Bärtige erscheint. Er bleibt bis zum Ende des Videos im Bild. Irgendwann steckt er das Buch in die Tasche und kriecht in den Schlafsack neben seinem Hund. Er legt den Arm um das Tier. Der Moment wirkt so intim, dass Tiff sich auf einmal unwohl fühlt. Der Mann weiß nichts davon, dass sie ihn seit mehreren Nächten aus weiter Ferne beobachtet. Wäre es ihm egal?

Als sie kurz darauf neben Leon liegt, der sich einmal mehr unbemerkt in ihr Bett geschlichen hat und leise schnaufend schläft, denkt sie weiter an den bärtigen Mann und seinen Hund in ihrer Nische vor dem Tor.

CHAT 4

TiffCat: Ich bin mir sicher, in der letzten Aufnahme hat Mr. Beard seinem Hund vorgelesen. 🥰 *1:33*

Nik78: Mit Mr. Beard meinst du den obdachlosen Hundebesitzer? *1:34*

Stariseria: Sherlock Nik 🙄 *1:34*

Nik78: lol *1:35*

TiffCat: Wen sonst? Er hatte ein Buch in der Hand und hat laut gelesen. Ich konnte den Titel nicht erkennen. Irgendein Krimi. Hat er das bei euch auch schon gemacht? *1:36*

Stariseria: Ich hab noch nichts gesehen. Die Frau mit dem Zopf im Labor, die immer die Tiere füttert, hat gestern Cola aus einer Flasche getrunken. Sollen wir sie jetzt Miss Cola nennen? *1:37*

TiffCat: Miss Softdrink 🥤 *1:37*

Nik78: Weder Mr. Beard noch Miss Softdrink haben bei mir irgendwas Interessantes gemacht, aber ich werde mal drauf achten. Bekommt der Hund jetzt auch noch einen Namen? *1:39*

Stariseria: Der heißt selbstverständlich *Hund*. Viel Verwechslungsgefahr gibt es ja nicht. *1:40*

TiffCat: Und wenn noch einer kommt, nennen wir ihn Hund 2. *1:40*

Nik78: 🐶🐶🐶🐶🐶
Eine ganze Hundeschule und Mr. Beard, der ihnen nachts alte Krimis vorliest *1:41*

TiffCat: Ich fand es einfach wahnsinnig rührend. *1:42*

Stariseria: Schon klar *1:42*

Aststumpf

Stella sitzt auf dem Parkplatz vor dem Supermarkt in ihrem Auto und legt die heiße Stirn aufs Lenkrad. Der Kofferraum ist voll mit Lebensmitteln für die Suppenküche. Lindy ist heute ausgefallen, deswegen musste sie den Großeinkauf allein machen. Nachdem sie mehrere Paletten mit Dosengemüse und Getränken in den Wagen gehoben hat, muss sie verschnaufen.

Auf dem Beifahrersitz liegt eine Plastiktüte mit ihrem Privateinkauf, den sie separat bezahlt hat. Der Mengenunterschied führt ihr einmal mehr vor Augen, dass sie allein lebt. In der Tüte ist eine Dose Dr Pepper, ihre Belohnung für den Großeinkauf. Stella lehnt sich zurück und öffnet sie langsam, das Knacken und Zischen, wenn sie den Bügel nach hinten biegt, ist Teil der Vorfreude. Sie erinnert sich daran, wie sie so oft abends nach der Fischfabrik neben Dylan am Pier saß und sie gemeinsam Bier und Dr Pepper tranken. Das Zischen, die Schreie der Möwen, die körperliche Erschöpfung nach der Arbeit. Dylan ist schon fünf Jahre fort, aber die Zeit seit seinem

Tod hat sich so endlos hingezogen, als wäre ihr Leben in eine zähe Masse eingeschlossen, jede Bewegung ist beschwerlich, jede Handlung ein Stemmen gegen einen übermächtigen Widerstand. Sie hat die Stelle in der Suppenküche angenommen, weil sie Geld brauchte, aber auch weil sie sich zwingen musste, wieder unter Leute zu gehen, ihren Trauerkokon zu verlassen. Das Gefühl sinnvoller Arbeit für andere hat sie wieder zurück in den Alltag geführt, die Einsamkeit aber ist geblieben.

Die Luft im Auto ist stickig, und ihr Kopf immer noch verschwitzt vom Schleppen der Einkäufe. Sie fasst ihre Haare zusammen und versucht, sie hochzubinden, doch sie sind zu kurz für einen vernünftigen Zopf. Sie sehnt sich nach einer Dusche und startet das Auto, um endlich nach Hause zu kommen. Da sie keine Kühlware eingekauft hat, kann sie einen Zwischenstopp zu Hause machen und sich abduschen.

Unter der Dusche lässt sie das heiße Wasser auf ihre verspannten Rückenmuskeln prasseln. Die Physiotherapie des kleinen Mannes hat Dylan das immer genannt, wenn er abends nach der Schicht versuchte, seine Muskeln unter der Dusche zu lockern. In ihrer gemeinsamen Wohnung gab es keine Badewanne, in die er sich hätte legen können, deswegen stand er immer lange in der Duschkabine und verwandelte das winzige Badezimmer in eine feuchtwarme Wasserdampfzelle. Sie schaut die Hornhautraspel an, die seit Wochen unbenutzt an einem Haken in der Dusche hängt, und nimmt sich vor, wieder mehr Zeit für ihren Körper einzuplanen. Auf dem Seifenhalter liegt ihre günstige Alltagsseife mit Rosengeruch neben einem teuren zu ihrem Parfum passenden Duschgel, das sie für besondere Anlässe aufspart. Heute nimmt sie nicht die Rosenseife. Der Geruch ihres Lieblingsparfums breitet sich beim Aufschäumen des Gels in der Dusche aus. Sie schaut auf ihre Hände, die Nägel sind sauber kurz geschnitten, und sie denkt an die Wochen bei der Cannabisernte, als sich die klebrigen Harzreste in jeder Pore ihres Körpers festgesetzt hatten. Der braune Dreck war nicht nur unter den Nägeln so hartnäckig, dass er sich mit dem Wasserschlauch, der den Trimmern als Waschgelegenheit zur Verfügung stand, nicht lösen ließ.

Eine warme Dusche hatte es nur im Haus von Darrell gegeben, und er schimpfte, wenn Cove und Stella zu oft bei ihm erschienen. Ganz allein wollten sie allerdings auch nicht zum Duschen zu ihm gehen, sein Haus war unaufgeräumt, Waffen und Patronen lagen überall verstreut herum. Es dauerte also nicht lange, bis Stellas Haare ähnlich aussahen wie die von James, stumpf und ungekämmt. Cove jedoch sah mit ihrem geflochtenen Zopf, den sie nur abends einmal öffnete, auskämmte und wieder fest zusammenband, kaum anders aus als zu Beginn ihrer Reise. Der Grasgeruch hing überall, nicht nur in Luft und Kleidern. Auch die Haut schien ihn allmählich aufzunehmen, dachte Stella, wenn sie sich nachts den Arm unter den Kopf schob.

Eine Woche nach ihrer Ankunft saßen sie wie jeden Tag im Kreis vor dem großen Zelt, einige arbeiteten konzentriert und still, andere redeten miteinander, als Darrell eilig herankam.

Die Hubschrauber fliegen heute wieder, rief er. Ihr solltet euch sofort unter die Bäume zurückziehen.

Eilig räumten sie alle sichtbaren Spuren von der Lichtung und hockten sich an den Waldrand in den Schutz der tief hängenden Zweige, unsichtbar geworden für Helikopter. Das rhythmische Klopfen der Rotorblätter war schon kurz darauf aus der Ferne zu hören. Als der Lärm näher kam, sahen sie ein großes Netz unter einem Hubschrauber hängen, prall gefüllt mit grünen Pflanzenteilen.

Sie haben also ein Feld entdeckt, dann ist hier bald wieder Ruhe, sagte Cookie.

Und was passiert mit den Pflanzen?, wollte Stella wissen.

James antwortete sofort: Die werden zu einem Feuerplatz geflogen und verbrannt. Zusammen mit Autoreifen, damit es richtig heiß wird. Der Geruch von brennendem Gummi und Cannabis hängt dann wie eine schwarze Wolke über der Gegend. Manchmal kann man die Rauchsäulen in der Ferne am Himmel sehen.

Ich wette, die nehmen sich Blüten mit nach Hause und verkaufen oder rauchen die selbst. Keine Chance, dass das alles in Feuer aufgeht, sagte Olivia.

Als die Rotorgeräusche lange verschwunden waren, kam Darrell und schickte sie wieder auf die Lichtung zurück. Am schattigen Waldrand war die Luft an diesem Tag sehr feucht gewesen, als hätten sich die Bäume in warmen Nebel gehüllt. Stellas T-Shirt war nass geschwitzt, ihr Körper klebte, und sie sehnte sich nach einer Dusche. Manchmal dachte sie an die Fischfabrik, an die kühle Luft in der Halle, an die Mittagspausen mit den anderen Arbeiterinnen, an die frisch von den Schiffen gelieferten Plastikboxen mit dem Fang. Was für ein Luxus die tägliche Dusche zu Hause gewesen war.

Cove versuchte abends, wenn Darrell das Essen gebracht hatte, die Gruppe der Trimmer noch zu Gesprächen anzustacheln. Sie sprach oft von einem Wir, erzählte Stella später im Zelt davon, wie schön es sei, mit den anderen gemeinsam zu arbeiten und den Tag in einer Gruppe Menschen zu verbringen. Doch obwohl es eine Art Gemeinschaftsgefühl gab, wenn sie sich alle vor den Helikoptern versteckten, sah Stella auch die argwöhnischen Blicke, das misstrauische Hüten der wenigen eigenen Dinge. Für sie blieb es bei dem Gefühl, dass sie als Einzelpersonen auf dieser Lichtung zusammengeworfen waren, verbunden nur durch das Schneiden der Blüten und den Vergleich, wer seinen Eimer am schnellsten vollbekam.

Stella fragte sich, ob ihr Großvater sich den anderen Holzfällern mehr zugehörig gefühlt hatte oder ob ein Foto von ihnen vor den Plastikeimern Jahrzehnte später ähnlich wirken würde wie das der Arbeiter vor der Baumscheibe. War er wirklich so zufrieden gewesen mit seiner Arbeit? Vielleicht war das monotone Tun in der Fischfabrik der Arbeit in der Holzindustrie viel ähnlicher gewesen, als sie es sich ausgemalt hatte.

James hatte ihr erzählt, dass er früher an der Grenze zu Kanada ebenfalls Bäume gefällt hatte, dass die Fabrik irgendwann jedoch hatte schließen müssen. Sie hatte ihn nach dem Gemeinschaftsgefühl gefragt, und er hatte gelacht. Welche Gemeinschaft meinst du? Wir haben alle am gleichen Tag den Lohn bekommen, manchmal miteinander geraucht, aber man fällt heute nicht mehr Bäume wie noch in den 1950er-Jahren, gemeinsam als Gruppe von Männern gegen den Stamm. Und seit den großen Holzarbeiter-Streiks, an denen dein Opa vielleicht noch beteiligt war, hat auch niemand mehr ein Interesse daran, dass große Freundschaften unter den Arbeitern entstehen.

James war immer freundlich, aber nie so enthusiastisch wie Cove. Für ihn war das Trimmen der Blüten nur eine Saisonarbeit unter vielen. Er reiste den Ernten hinterher, und im Winter arbeitete er im Weihnachtsbaumverkauf. Der Lohn war besser, wenn die Arbeit nicht legal ablief, mehr Unterschied sah er nicht.

Stella fragte sich, warum er sich nicht irgendwo niederließ, einen festen Job suchte und einen Alltag aufbaute. Aber das Umherreisen schien für ihn kein Problem zu sein, die Einsamkeit seines Lebens war die unvermeidliche Konsequenz. Er erzählte nie, weshalb er dieses Leben vorzog.

Coves Geschichten unterschieden sich grundsätzlich davon. Ihr schien das Abenteuer noch wichtiger als das Geld, die gemeinschaftliche Furcht vor den Razzien, das Verbotene der kleinen Saisonarbeitsgemeinschaft auf der Waldlichtung. Wenn sie von ihren Reisen sprach, ging es immer darum, sich so weit wie möglich außerhalb des Akzeptierten, der Regeln und Ordnung zu bewegen. James reagierte oft spöttisch darauf, und Stella begann, sich zu fragen, ob Cove vielleicht sehr behütet aufgewachsen war, sodass ihr Verhalten als Rebellion gegen die Strukturen ihrer Kindheit verstanden werden musste.

Abends im Zelt lästerte Cove über James, nannte ihn einen Kleingeist, der nicht über die Arbeit hinausdenken könne und die Freiheit seines Lebens nicht wertschätzen würde. In der Dunkelheit überlegten sie gemeinsam, wo sie mit dem sich ansammelnden Lohn hinreisen könnten, welche Ziele als Nächstes auf sie warteten. Das von Darrell erhaltene Geld versteckten sie in einer Plastiktüte in dem Loch im Baum, schauten manchmal auf ihren abendlichen Spaziergängen nach, ob der Beutel unberührt geblieben war. Ihre Zukunft in aufgerollten Geldscheinen versteckt in einem langsam verrottenden Stamm.

Stella ist frisch geduscht, die Einkäufe warten im Auto, und sie beschließt, sich nicht noch mit dem Föhnen ihrer Haare aufzuhalten, sondern das Abliefern der Lebensmittel zu erledigen, um rasch wieder heimzukommen. Als sie aus der Haustür tritt, sieht sie im Augenwinkel eine Bewegung am Zaun zum Nachbargarten. Und als sie in Richtung der Mülltonnen geht, stolpert sie fast über eine tote Beutelratte. Das Tier liegt auf dem Rücken, das Maul ist halb geöffnet, sodass die spitzen Zähne hervorstehen. In der Ferne kläfft ein Hund. Sie betrachtet das verendete Tier, es ekelt sie, aber irgendetwas an seiner Verletzlichkeit erregt auch ihr Mitleid. Sie geht näher heran und ist sich nicht sicher, ob die Ohren der Ratte zucken. Mit dem Fuß schiebt sie das Tier in Richtung Zaun, sie will es später entsorgen.

Sie denkt an den Hund von James, den er hinter der Suppenküche anleint, wenn er zum Essen kommt. Er hat ihn Lincoln genannt, ein großer Name für das kleine Tier. James sagte, er habe vor Lincoln einen Washington gehabt und somit schon den halben Mt. Rushmore an seiner Seite spazieren geführt. Oft hat sie ihm angeboten, ein wenig Essen für den Hund einzupacken, aber er verwendet lieber den Großteil seines knappen Geldes für Hundefutter. Mehr hat er nicht gesagt, aber ihr wurde schnell klar, wie wichtig das Tier für ihn ist, dass James sogar auf das eigene Essen verzichten würde, um Lincoln zu versorgen.

Lincoln wartet immer ruhig auf ihn, liegt da auf dem Boden, eine Pfote über der Schnauze, und lässt sich von Stella kraulen. Ärgerlich über ihre plötzliche Sorge schüttelt sie den Kopf. Vermutlich sind die beiden einfach weitergereist.

Agaricus bisporus

Monika Schwalbe hat Eintopf gemacht. Tiff sitzt an dem etwas schäbigen Furniertisch mit den kleinen Brandflecken im Wohnzimmer der Nachbarin. Er bietet ausreichend Platz für ein Familienessen, auch wenn Frau Schwalbes Söhne fast nie vorbeikommen. Die würden weit entfernt leben, erklärt sie und klingt dabei sehr großmütig. Was Tiff nur wütender macht. Sie ärgert sich über die Männer, die genauso alt sind wie sie und nur an den Weihnachtstagen vorbeischauen, als wäre ihre Mutter ein Teil der Festdekoration, die man im Dezember vom Dachboden holt und für den Rest des Jahres wieder vergisst. Von einem Foto im schlichten Glasrahmen an der Wand schaut der Älteste auf sie am Tisch herab.

Da war Christoph gerade mit der Schule fertig, ruft Frau Schwalbe auf Nachfrage durch die offen stehende Küchentür. Ich habe das Foto vor der offiziellen Verabschiedung aufgenommen. Der letzte Film, den ich entwickeln ließ, und schon damals habe ich mich fürchterlich altmodisch gefühlt.

Leon spielt unter dem Tisch mit Autos, die die Nachbarin in einer Spielzeugkiste verwahrt und immer herausholt, wenn er sie besucht. Sie schaut in den großen Topf. Das Essen braucht noch einen Moment. Also setzt sie sich mit einem Aschenbecher in der Hand zu Tiff und zündet sich eine Zigarette an.

Als Frau Schwalbe ihren Oberkörper bis zur Tischkante hinunterbeugt, um Leon etwas zuzuflüstern, bleibt ihre zitternde Hand mit der brennenden Zigarette auf der Platte liegen. Tiff ist erleichtert, dass die alte Dame aus einer Generation stammt, die zwar gesiezt werden möchte, Tischdeckchen und andere Ziergegenstände aber nicht mehr verwendet, denn sonst müsste man sich wegen der Feuergefahr sorgen. Bei ihren Großeltern hatte sie auch immer unter dem Esstisch gesessen, aber dort war eine große Tischdecke aufgelegt, die an den Seiten herabhing. Unter dem Tisch fühlte sie sich wie in einem Zelt und beobachtete den Lichteinfall durch die Löcher in der Häkelspitze, während sie sich so sehr langweilte, wie man es nur als Kind kann.

Tiff schaut auch unter den Tisch, wo Leon sitzt und grinst, als sich ihr Blick mit dem von Frau Schwalbe kreuzt.

Wollt ihr auch zu mir runterkommen?, fragt er.

Die Erwachsenen verneinen und setzen sich wieder aufrecht hin.

Willst du mich nicht Monika nennen?, fragt die Nachbarin ganz unvermittelt.

Tiff nickt überrascht und sagt *Monika*, als würde sie

den fremden Namen in ihrem Mund ausprobieren müssen. In der Küche klingelt ein kleiner Wecker in Hamburgerform, mit dem Leon an anderen Abenden viel gespielt hat. Monika trägt den Topf zum Tisch.

Nachdem Tiff alle Pilze von Leons Teller gefischt hat, können sie endlich mit dem Essen beginnen. Monika hat geduldig gewartet und noch nicht angefangen, obwohl Tiff ihr bei den gemeinsamen Mahlzeiten immer wieder sagt, dass sie nicht warten soll, während sie Leons Portion klein schneidet, sortiert und die Dinge so anrichtet, dass auch er etwas isst.

Sie weiß, dass Monika nicht viel davon hält, so stark auf Leons Essmarotten einzugehen, und ist froh, dass die Angelegenheit unkommentiert bleibt. Stattdessen wartet ihre Nachbarin geduldig, manchmal mit leicht hochgezogenen Augenbrauen, und beginnt schließlich, mit den beiden zu essen.

Einige Male war auch Mikael mit eingeladen, meist aber stockten dann die Gespräche, weil er und Monika sich nicht viel zu sagen haben. Das erste gemeinsame Abendessen mit ihr hatte Tiff abbrechen müssen, weil sie eine Panikattacke bekam. Monika nennt diese Momente *Anfälle*, und in ihrem Kopf hat Tiff diesen Begriff übernommen. Monika hat ihr einmal erzählt, dass sie früher auch oft anfallartiges Herzrasen bekommen habe, aber immer nur tief durchatmen musste, um es zu vertreiben. Seitdem denkt Tiff, dass sie bei jedem Anfall von Monika beobachtet wird, ob sie schon tief genug ein- und ausatmet. Mit der Zeit aber hat sich das fremde Wohnzimmer immer sicherer angefühlt, und die Panikattacken wurden seltener. Tiff lächelt bei dem Gedanken, dass Monika ihr nach so vielen Monaten endlich das Du anbietet, nachdem sie in dieser Wohnung schon mehrfach Todesängste ausgestanden hat.

Sie unterhalten sich über die Pflanzen in Monikas Kleingarten, über Leon und seinen Kindergarten und Tiffs Platz im Hinterhof. Monika will von ihrer Parzelle Pflanzen für das Autoreifenbeet mitbringen. Das Gespräch ist ebenso ruhig und angenehm wie ihr Eintopf, unaufdringlich wärmend.

Als Tiff sich später an der Wohnungstür verabschiedet, den müden Jungen auf dem Arm, fragt Monika, ob sie dieses Jahr zu Leons Kindergartensommerfest mitkommen soll. Als hätte die Nachbarin geahnt, dass dieser Termin Tiff wie eine Drohung bevorsteht, nachdem sie im letzten Jahr eine Krankheit vorgeschoben hatte und Monika ganz kurzfristig eingesprungen war.

Coccinella quinquepunctata

Wieder ein Flur mit Türen und hellem PVC, am Ende der Sichtachse eine große Glastür, hinter der ein weiterer Abschnitt beginnt, und wahrscheinlich befindet sich an dessen Ende wieder eine Glastür, die auf noch einen Flur führt, endlose Quadratmeter Plastikboden mit marmoriertem Schlierenmuster, auf dem Dreck und Flusen nicht sofort sichtbar werden, praktisch und widerstandsfähig. So viele leere Flure hat sie in den letzten Nächten gesehen, immer darauf gewartet, dass doch noch Menschen auftauchen. In der letzten Nacht lief sie schließlich auch in ihrem Traum einen langen weißen Korridor entlang, mit der tiefen Gewissheit, etwas verloren zu haben, allerdings ohne sich zu erinnern, was.

Weder Nik noch Stari sind online, und die Überwachung ödet Tiff so sehr an, dass sie sich immer wieder aus ihrer Wohnung hinausträumt, darüber nachdenkt, wie es wäre ohne Angst und Geldsorgen. Sie könnte mit Leon Urlaub machen, irgendwo zelten, an einem See Eis essen und baden, und die Abende würde sie nicht vor dem Bildschirm verbringen, sondern auf einem Plastikstuhl vor dem Zelt, und sie würde in den Himmel schauen, Marienkäfer im Gras beobachten oder den anderen Menschen auf dem Campingplatz dabei zusehen, wie sie sich mit Mückenschutz einreiben, gemeinsam Karten spielen oder etwas auf ihren Smartphones lesen. Vermutlich würde auch sie das Smartphone benutzen und von ihrem Platz vor dem Zelt mit Nik oder Stari chatten, Mikael anrufen oder Monika ein Bild von Leon schicken, wie er tagsüber im Wasser geplanscht hat.

Wenn Tiff gedanklich zu sehr in der Welt außerhalb ihrer Wohnung verschwindet, muss sie in den Aufnahmen zurückscrollen. Sie darf nichts Wesentliches übersehen, denn die Regelmäßigkeit dieser Aufträge erleichtert einiges.

Immer hofft sie auf Videos, in denen Personen auftauchen, die sie aus vorherigen Autobs kennt. Am meisten freut sie sich, wenn Mr. Beard oder Miss Softdrink dabei sind. Außerdem gibt es eine Lagerhalle mit hohen Regalen, durch die hin und wieder ein Security-Mann spaziert, der scheinbar wahllos Kartons herauszieht und in sie hineinschaut. Sie haben lange darüber spekuliert, warum er das tut. Doch auch den anderen ist kein guter Grund eingefallen, außer dass er nach Ratten Ausschau halten könnte oder einfach furchtbar neugierig ist. Sie haben ihn Mr. Cap getauft, weil er eine dunkelblaue Schirmmütze trägt, die sein Gesicht zur Hälfte verdeckt. Miss Softdrink füttert weiter regelmäßig die Tiere, sie haben beobachtet, dass das Tier im mittleren

Käfig ihr am liebsten zu sein scheint, denn dort verbringt sie überdurchschnittlich viel Zeit.

Mr. Beard liest noch immer seinem Hund vor. Durch das Hineinzoomen in die Aufnahme haben sie einige Male herausfinden können, was er da liest. Die Bücher wechseln häufig. Screenshots des lesenden Mannes teilen sie im Chat miteinander. Stari hat sogar angefangen, eins der Bücher parallel zu lesen. Fast immer sind es Krimis oder Thriller in abgegriffenen Ausgaben. Einmal hat Mr. Beard einen historischen Roman gelesen, der vor Dekaden ein Bestseller war und mit dem Nik vor allem erste Leseerfahrungen mit Sexszenen verband. Tiff hat noch keins der Bücher gekannt, die Mr. Beard auf seinem Schlafplatz vor dem Rolltor liest. Aber die Spannung, all die Titel nachzurecherchieren, motiviert sie, genau hinzuschauen, wenn er seine Taschen auspackt und es sich für die Nacht gemütlich macht.

Das Video vom Klinikflur ist zu Ende, und sie hat keinen Eintrag machen müssen. Niemand ist aufgetaucht, nichts ist passiert, es gab keine Vorkommnisse, nicht mal einen Ventilator, der im Flur etwas Bewegung erzeugt hätte, einen Luftzug – als hätte sie die ganze Zeit auf ein Foto geschaut. Sie ist noch ganz am Anfang ihrer nächtlichen Arbeitsphase und beschließt, das letzte Video erst zu starten, wenn Nik oder Stari im Chat auftauchen. Eine weitere Stunde hirnzerfressende Ereignislosigkeit steht sie ohne Ablenkungsgespräche nicht durch. Um die Zeit nicht nutzlos verstreichen zu lassen, durchsucht sie die aktuellen Autob-Angebote. Seitdem sie die regelmäßigen Überwachungsaufträge hat, ist sie wählerischer geworden. Die ganz stupiden Jobs oder die, bei denen sie nicht sicher ist, ob die Zeitangaben stimmen, kann sie mittlerweile ignorieren. Ein Autob weckt jedoch ihr Interesse:

```
Autob ID: 4596f
»Hilfe für das Training einer
Lyrik-KI«
Nach einem Lesekompetenz-Anfangstest
wird ein Pool aus Automatons gewählt,
die von Maschinen generierte Gedichte
darauf bewerten, wie poetisch sie
sind.
Lohn: $10.00 für 20 Gedichte
Aufgabendauer: ca. 90 Minuten
Verpflichtendes Autob-Rating: 90%
```

CHAT 5

TiffCat: Habt ihr den Poesie-Autob gesehen? *0:35*

Stariseria: Ja, hab mich schon gestern angemeldet. *0:35*

TiffCat: Hast du den Test gemacht? Ich bin gerade durch. *0:36*

Stariseria: Hatte mir, ehrlich gesagt, mehr erwartet, als Gedichte mit Sternen zu bewerten. Am Ende wurde es noch mal etwas schwierig. *0:36*

TiffCat: Bei den Gedichtformen? Ich hab nur Haiku erkannt.
Hoffe, das reicht. *0:37*

Nik78: Ich wollte mich noch anmelden, hab Lust auf Maschinenlyrik, aber erkenne vermutlich keine einzige Form. *0:38*

Stariseria: Haiku ist easy. Merk dir das halt. *0:39*

TiffCat: Den Autob mache ich erst morgen, wenn mein Anfangstest durch ist. Hab gerade das letzte Video für heute angemacht. Wieder das Rolltor. *0:40*

Nik78: Ist Mr. Beard schon da? *0:44*

TiffCat: Nein, alles einsam noch. *0:44*

Stariseria: Ich hatte nur Flure, so krass langweilig, bin einmal eingeschlafen. *0:45*

Nik78: Das hatte ich vor einigen Tagen. Jetzt immer Hörbuch oder chatten parallel zum Schauen, ich hatte auch vergessen, wo ich eingeschlafen war, und musste dann alles noch mal von vorn ansehen. Ist natürlich nichts passiert. Ärgerlich. *0:46*

TiffCat: Komisch, der Hund ist gerade gekommen, aber Mr. Beard fehlt. *0:51*

Stariseria: Wie jetzt? *0:52*

TiffCat: Der Hund sitzt vor dem Tor, aber ich sehe sein Herrchen nicht. Es sind auch keine Taschen zu sehen. Nur der Hund. *0:52*

Nik78: Vielleicht ist er schon vorgelaufen? *0:53*

TiffCat: Keine Ahnung, finde das ziemlich merkwürdig. Lacht nicht, aber es kommt mir vor, als wäre der Hund gestresst. *0:55*

Nik78: Wart mal ab, ob Mr. Beard nicht gleich da ist. Wahrscheinlich hat er sich einfach nur verspätet. *0:56*

Ficus benjamina

Stella sitzt in ihrem Sessel und wartet darauf, dass das Wasser ihres Fußbads die richtige Temperatur bekommt. Irgendwann in den 1980er-Jahren gab es eine Zeit, als diese pastellbunten Plastikgeräte mit Vibration, Blubbereffekt und elektrischem Heizelement ein großer Trend waren. Ein Jahrzehnt, in dem Wellness und Fitness in die Wohnzimmer Einzug hielten, Aerobic vor dem Fernseher und später nasse Füße zum Entspannen. Stella war damals so jung, dass sie die Fußbäder nur als lustige Marotte von Menschen wahrnahm, die unendlich viel älter waren als sie. Als es die Geräte neulich aber im Angebot gab, die Verpackungsboxen zu einer Pyramide im Eingang des Supermarkts gestapelt, hat sie sich aus Neugier eins gekauft und verbringt seitdem jeden Abend mit den Füßen im Mini-Whirlpool.

Sie schaltet den Fernseher an, zappt wie früher durch die Programme und beginnt irgendwann, durch ihre aufgezeichneten Sendungen zu schauen, ob es irgendetwas Interessantes gibt, das sie noch nicht gesehen hat.

Mit der Zeit hat sie das reguläre Fernsehprogramm als immer langweiliger erlebt, so als hätten sich bestimmte Formen von Geschichten über die Jahrzehnte abgenutzt. Tierfilme und Reisedokumentationen schaut sie weiterhin gern, aber sie muss lange suchen, um etwas zu finden, das sie noch nicht kennt.

Die anderen raten ihr immer wieder, sich bei einem Streaming-Portal anzumelden, aber sie hat sich gerade erst an ihren TiVo gewöhnt, den sie alle Tierfilme aus dem Fernsehprogramm abspeichern lässt, und keine Lust, sich auf etwas anderes einzustellen.

Das Fernweh kommt nach wie vor manchmal hoch, auch wenn sie nie die Reisen unternommen hat, von denen sie damals mit Cove träumte. Vor längerer Zeit hat Stella einmal versucht, Cove unter ihrem Geburtsnamen zu googeln, zu schauen, ob sie vielleicht in ihre Heimatstadt zurückgekehrt ist. In einem Zeitungsbericht, der im Archiv der Website einer lokalen Vereinigung für den Wiederaufbau eines städtischen Gemeinschaftshauses gespeichert war, gab es das Bild eines Kuchenbasars aus den frühen 1990ern. Auf der Fotografie sollte laut Bildunterschrift eine Person mit dem Namen sein, den Cove ihr damals im Wald verraten hatte. Sie hatte hineingezoomt, aber die Auflösung des schlecht abfotografierten Artikels war so grobkörnig, dass sie nicht erkennen konnte, ob eine der Frauen wirklich Cove war. Ihre Spur hat sich online wie offline verloren.

Auch James hat nie wieder von ihr gehört, wieso auch, die beiden hatten sich schon während der Arbeit auf der Lichtung nicht besonders gut verstanden. Er lächelte verständnisvoll, als Stella ihn nach Cove fragte, sich anmerken ließ, dass die offene Frage und die damit verbundene Enttäuschung sie auch so viele Jahre später noch schmerzten.

An dem Morgen, als Cove verschwand – nur wenige Tage vor Ende der Saisonarbeit –, hatte sich Stella noch lange mit ihr darüber unterhalten, dass sie zunächst gemeinsam in ihre Wohnung zurückkehren würden, um von dort aus weiter zu planen, wo sie als Nächstes hinreisen und arbeiten könnten. Sie hatte darüber nachgedacht, sich einen Untermieter zu suchen oder einen Aufbewahrungsort für ihre Möbel.

Manchmal erzählte sie James von ihren Plänen, und er hörte ihr zu, ohne viel dazu zu sagen, doch sie merkte, dass er ihr Bedürfnis nach Aufbruch und die Freundschaft mit Cove nicht wirklich verstand. Er war mit den Wochen immer unleidlicher geworden, wenn Cove von den ach so vielen spannenden Reisen und Arbeitsmöglichkeiten erzählte, die ihnen bevorstehen würden. Aber nie hatte er sich so heftig geäußert wie in dem Moment, als Stella kreidebleich auf der Lichtung erschienen war und gesagt hatte: Unser gesamtes Geld ist weg.

Stella war von der Dusche zurückgekommen, und die anderen hatten ihr gesagt, dass Cove mit Darrell in die Stadt zum Einkaufen gefahren sei. Er tat das nur selten, nahm dann meist aber einen der Trimmer mit, damit der die privaten Einkäufe für die Gruppe erledigen konnte. Fast immer ging es um Zigaretten und Bier, manchmal auch um Tampons, frisches Duschgel oder auch um Lebensmittel, um die nach einer Weile ziemlich monotone Küche von Darrell auszugleichen. Stella hatte sich zwar gewundert, dass Cove sie nicht nach ihren persönlichen Bestellungen gefragt hatte, aber vermutet, dass die Freundin nach der langen gemeinsamen Zeit einfach wusste, dass sie sich Dr Pepper, Kaugummi und Schokoriegel wünschen würde.

Irgendwann hatte sie in der Ferne Darrells Auto zurückkommen gehört. Als Cove jedoch nach einer Weile immer noch nicht zur Lichtung kam, ging Stella zum Haus, um nach ihr zu sehen. Sie klopfte, und Darrell öffnete in Unterhose die Tür. Im Hintergrund hörte sie den Fernseher in voller Lautstärke. Eine Zigarette hing ihm im Mundwinkel, er sah genervt aus. Sie fragte nach Cove, und er sagte nur, dass er sie in der Stadt abgesetzt habe. Sie habe die Saison dieses Mal früher beendet. Er wartete nicht auf eine Antwort der sprachlosen Stella, sondern schloss die Tür vor ihrer Nase.

Zurück auf der Lichtung schaute sie ins Zelt und sah, dass tatsächlich sämtliche Habseligkeiten von Cove verschwunden waren. Stella ließ sich auf den blanken Boden sinken und fing an zu weinen.

Erst nach einer Weile war ihr das gemeinsame Geldversteck eingefallen. Sie zögerte, aus dem Zelt hervorzukommen, das Loch im Stamm zu überprüfen, aber sie wusste, dass es sich nicht vermeiden ließ. Dann war sie zu dem gefällten Baum gelaufen, hatte ihre Finger in die Vertiefung geschoben, den Kopf geschüttelt, die Hand herausgezogen und war auf halbem Rückweg sogar noch mal umgedreht, um ganz sicher zu sein, aber das Geld war fort.

Auf der Lichtung hatte sie nur diesen einen Satz herausbringen können: Unser gesamtes Geld ist weg, und James war sofort von seinem Stuhl aufgesprungen. Ohne zu zögern, sagte er: Diese verdammte Frau hat immer nur auf eigene Rechnung gelebt, auch wenn sie etwas anderes erzählt hat.

Die übrigen Trimmer tuschelten, als er den Arm um Stella legte und sie von der Lichtung fortführte – in den Wald hinein. Sie liefen schweigend nebeneinanderher, irgendwann endete der Trampelpfad, und sie gingen einfach weiter, quer durch das Unterholz. An den Wurzeln der Baumstämme bedeckten große Farnblätter den Boden. Plötzlich wurde ihr bewusst, dass sie einfach blind neben James hergelaufen war, und sie bemerkte, wie weit sie sich von dem ausgetretenen Pfad entfernt hatten. Sie dachte an Schwarzbären und Berglöwen, an versteckte Hanffelder auf Waldlichtungen und an Selbstschussanlagen.

Weißt du, wo wir sind?, fragte sie ihn.

Er nickte. Ich bin schon öfter sehr tief in den Wald hineingelaufen, sagte er dann. Irgendwann kommt ein kleiner Fluss, über den man, ohne zu schwimmen, nicht hinüberkommt. Wir können bis dorthin gehen und dann umdrehen, wenn du möchtest.

Eine ganze Weile gingen sie schweigend nebeneinander, bis er irgendwann zu erzählen begann, dass er immer wieder auf Menschen treffen würde, die ihre Umstände in eine schöne Geschichte von Freiheit und Unabhängigkeit, von Solidarität und Gemeinschaft verkleiden würden, dass aber die Wirklichkeit der Saisonarbeiter eine andere sei. Am Ende stehe jeder für sich allein, und es sei nicht verwunderlich, dass alle ihre Wertgegenstände so gut voreinander verstecken würden.

Und warum willst du dann so leben?, fragte sie, erschreckt von seinem ausdruckslosen Gesicht.

Ich weiß es selbst nicht genau. Hat sich einfach so ergeben.

Aber gibt es denn keinen Ort, an den du zurückkehren möchtest?

Nein. Ich hatte einmal einen solchen, aber dieser Ort existiert nicht mehr.

Und kannst du dir keinen neuen vorstellen?

James schüttelte nur den Kopf. Sie bekam das Gefühl, dass es zu weit gehen würde, wenn sie tiefer bohrte, dass er ihr bereits mehr anvertraut hatte, als er es gewöhnlich tat.

Tatsächlich tauchte vor ihnen bald der kleine Fluss auf, vermutlich der Nebenarm eines größeren Stroms. Auf der gegenüberliegenden Seite standen riesige Tannen, die Sonne schien zu beiden Seiten auf das sandige Ufer. Stella nahm eine Handvoll Sand und betrachtete die Steinchen in ihrer Handfläche, winzige scharfkantige Splitter. Das gemächlich fließende Gewässer würde nie abgeschliffenes Seeglas produzieren, wie es durch die Reibung in Brandungszonen entstand. Sie setzten sich auf einen moosbewachsenen Felsen und warfen Steine in den Fluss.

Ich glaube, dass aus diesem Fluss Wasser abgezweigt wird, um Hanffelder zu bewässern. Letztes Jahr stand das Wasser noch höher, vielleicht sind neue Bewässerungssysteme hinzugekommen, denn der Sommer ist nicht trockener als sonst. James schaute über den Fluss und zeigte ihr, bis wohin der Wasserspiegel im Jahr davor noch gestanden hatte.

Stella war zwar aufgefallen, dass er immer wieder lange Spaziergänge gemacht hatte, aber sie hatte nicht vermutet, dass er regelmäßig so weit in den Wald hineingelaufen war. Der Fluss schimmerte grünlich, an manchen Stellen spiegelten sich die Bäume vom Ufer. Sie fragte sich, ob die Farbe der Oberfläche so grün wirkte, weil die Bäume die Spiegelung des Himmelsblaus verhinderten, oder ob Algen im Wasser der Grund waren.

Du könntest mit mir kommen, sagte sie unvermittelt.

James schwieg und schüttelte kaum merklich den Kopf.

Schließlich hatten sie die letzten Tage der Saison hinter sich gebracht, waren noch mehrmals zusammen an den Fluss gegangen. Über Cove hatten sie dabei nicht gesprochen. Stella bekam noch etwas Lohn für die restliche Arbeit, bevor Darrell die Trimmer zurück in die Stadt fuhr und ihr sagte, dass sie gerne im nächsten Jahr wiederkommen könne.

Die anderen verabschiedeten sich, ein Teil ließ sich zu einer anderen Busstation bringen, und schließlich blieben Stella und James übrig. Er nahm sie in den Arm, und sie gab ihm einen Zettel mit ihrer Adresse. Du könntest mir eine Karte schreiben, rief sie ihm hinterher, als er fortging. Er drehte sich am Ende der Straße noch einmal um, winkte und verschwand.

Als sie in ihre Wohnung zurückkehrte, war die Raumluft nach den langen Wochen ohne Lüften so stickig, dass sie sofort alle Fenster aufriss. Ihre einzige Zimmerpflanze war zu einem braun getrockneten Gestrüpp geworden. Sie füllte die Badewanne und rieb mit einer Bürste das klebrige Harz von ihrem Körper, bevor sie sich die Haare gleich mehrfach wusch. Noch im Bademantel rief sie in der Fischfabrik an.

Petunia × hybrida

Monika hat an der Tür geklingelt und gefragt, ob Tiff und Leon mit ihr in den Supermarkt kommen möchten. Sie gehen nebeneinander auf dem Fußweg. Leon hüpft über die Fugen der Pflastersteine. Manche Spiele werden von jeder Generation wiederholt, sagt Monika. Der Sperrmüllhaufen vor dem Haus ist abgeholt worden. Tiff hat die Männer aus dem Küchenfenster dabei beobachtet. Mit jedem Stück Schrott, das im Schlund des Müllwagens verschwand, hob sich ihre Laune.

Der Weg zum Einkaufen läuft besser als sonst. Jedes Mal, wenn sie ängstlich nach Luft schnappt, beginnt Monika, mit ihr zu sprechen. Vielleicht ist es die Ablenkung oder die sowieso gute Stimmung dieses Samstags, denn Tiff schafft es ohne Panik in den Supermarkt und kauft dort zwei Töpfe mit Petunien, deren violette Farbe in der Mitte der Blüten hell ist und zum Rand der Blütenblätter in ein kräftiges Dunkellila übergeht. Leon und Monika tragen die Blumentöpfe, während Tiff einen Sack Erde schleppt, der so schwer ist, dass sie ihre Gedanken völlig auf die schmerzenden Arme fokussieren kann. Und dann sind sie schon wieder vor dem Mietshaus, ohne dass die Angsterschöpfung sie in die Zange genommen hat.

Monika verabschiedet sich im Treppenhaus, und Tiff pflanzt im Hinterhof die Blumen in einen der Reifen. Leon gießt so viel Wasser drüber, dass sie ihn stoppen muss, bevor er die Pflanzen ertränkt. Ohne den Schrotthaufen riecht es viel besser im Hof, und sie kann das Fenster in ihrer Arbeitsecke wieder öffnen. Ihr Schreibtisch steht im Wohnzimmer, der Rest des Raums ist mit der Spielecke von Leon und einem Sofa vollgestellt, sodass sie abends auf dem Weg zum Computer manchmal über seine wild verstreuten Sachen stolpert. Sie schaut hoch zu dem Fenster, hinter dem sich ihre Wohnung befindet.

Seit gestern hat sie immer mal wieder an den Hund gedacht. Natürlich ist Mr. Beard in der Aufzeichnung nicht mehr erschienen. Nichts anderes hatte Tiff erwartet. Nur der Hund saß vor dem Tor, und obwohl sie sich mit Hunden nicht auskennt, schien sein Körper von der Schwanzspitze bis zu den Ohren Unbehagen auszustrahlen.

Die ganze Zeit hat sie ihn angeschaut und sich vorgestellt, wie er leise jault. Nik und Stari waren skeptisch, auch ein Screenshot konnte sie nicht restlos überzeugen, dass der Hund traurig wirkte. Aber Tiff kennt die Körpersprache der Trennung von den vielen morgendlichen Abschieden an der Kindergartentür, wenn Leon zwar tapfer das Kinn nach vorne schiebt, aber seine Haltung ihr den Trennungsschmerz entgegenschreit. Sie fragt sich, ob Mr. Beard etwas zugestoßen ist oder ob er seinen Hund einfach zurückgelassen hat. Aber wie könnte ein Mensch, der seinem Hund abends vorliest, diesen so plötzlich zurücklassen?

Die bereits ausgewerteten Videos werden nach einer Woche aus dem Portal entfernt, anschauen kann sie die Aufnahmen nur online, wahrscheinlich wegen des Datenschutzes. Obwohl Mikael meinte, dass es technisch kein Problem sei, die Aufnahmen dennoch mitzuschneiden. Diese kleinen Hürden sollen es wohl für die Automatons schwieriger machen, die Überwachungsaufnahmen dauerhaft zu speichern.

Bis jetzt hatte sie allerdings auch kein Bedürfnis, alte Aufnahmen erneut anzusehen. Die Flure wiederholen sich sowieso ständig. Tiff schaut durch sämtliche Videos, die noch für sie abrufbar sind, aber es sind keine Aufnahmen von Mr. Beard mehr dabei. Im Chat haben sie einige Screenshots von ihm mit dem Hund ausgetauscht, und diese Bilder speichert sie zur Sicherheit in einem Extraordner. Tiff sieht sich alle Bilder genauer an, kann aber nichts Verdächtiges entdecken. Sie filmt einen Ausschnitt aus dem Video mit dem vermeintlich leidenden Tier mit dem Smartphone ab, damit sie ihn nicht verliert.

Den ganzen Tag über wartet sie darauf, dass *ExtraEye* die neuen Aufnahmen hochlädt. Wenn sie einen Mitschnitt von Mr. Beards Rolltor bekommt, kann sie nachschauen, ob er wieder da ist. Sie hofft, dass er im nächsten Video plötzlich dort sitzt, als wäre nichts gewesen.

Sie erinnert sich daran, wie manche Gesichter bei dem Moderationsjob immer wieder auftauchten, weil die Clips in Variationen hochgeladen wurden, und wie sie manche Szenen irgendwann schon an der ersten Einstellung erkannte. Manchmal fragt sie sich, wie es wäre, eines der Gesichter aus diesen kurzen Einblicken in fremde Leben plötzlich auf der Straße zu sehen. Sie denkt oft darüber nach, wie es den Menschen und ihren Familien geht, die auf den Aufnahmen zu sehen waren, die sie moderieren musste: der dickliche Junge mit der Brille, der Motorradfahrer, das Mädchen mit dem *Hello Kitty*-T-Shirt. Menschen auf Bildern oder in Videomitschnitten an Tiefpunkten ihres Lebens oder sogar ganz am Ende – Tiff hat nie erfahren, ob jemand helfen konnte, ob sich die Umstände nach den Aufnahmen vielleicht verändert hatten oder ob Angehörige getröstet wurden. Leid und Schmerz als endlose Kette von Momenten, die sinnlos als Clipfragmente von Computer zu Computer wanderten, sich immer wieder vor den Augen von anderen abspielten. Die Geschichten dieser Fremden waren nie zu Ende erzählt, sondern blieben stroboskoplichtartige Momentaufnahmen.

Als die neuen Überwachungsvideos bereitgestellt werden, öffnet sie alle nacheinander. Wieder Mitschnitte aus Fluren, außerdem die Lagerhalle mit Mr. Cap und die Auffahrt mit dem Briefkasten, die sie ganz am Anfang schon mal hatte. Aber kein Rolltor, kein Hund, kein Mr. Beard.

Centaurea cyanus

Der Poesie-Autob wurde für Tiff freigeschaltet, also hat das Erraten großer Teile der Antworten im Kompetenztest ausgereicht, um nun die dichterischen Fähigkeiten einer künstlichen Intelligenz beurteilen zu dürfen, damit diese in Zukunft noch bessere Gedichte generiert. Für den Auftrag werden Tiff verschiedene vom Computer verfasste Gedichte vorgelegt, die sie gründlich lesen und dann bewerten soll. Dazu muss sie Schulnoten vergeben, etwa wie poetisch ihr ein Gedicht vorkommt, und Schlagwörter nennen, die sie mit dem jeweiligen Text verknüpft. Außerdem kann sie in den Verszeilen farbig markieren, welche Stellen ihr besonders gut gefallen, ohne dies näher begründen zu müssen.

Wie immer bei solchen Aufgabenstellungen ist sie versucht, ihre Antworten etwas anzupassen, Noten zu vergeben, die nicht ihrer Meinung entsprechen, oder Textstellen zu kennzeichnen, die sie eigentlich gar nicht gut findet. Sie weiß, das ist dekonstruktives Verhalten, aber es gefällt ihr, so Einfluss auf das mit ihren Daten trainierte Netzwerk zu nehmen. Und es fühlt sich an, als könnte sie einen Kern von sich geheim halten und gleichzeitig Macht haben über die Daten, die sie generiert. Nach kurzem Überlegen erlaubt sie sich, in jedem Gedicht eine schlechte Stelle als besonders gut zu markieren.

Die Maschinengedichte klingen wie Lyrik, weil sie mehr Fragen aufwerfen, als Antworten geben, genau wie damals in der Schule, wo irgendwelche Blumen für die Unendlichkeit stehen sollten und Tiff sich oft gefühlt hatte, als verfüge sie nicht über den richtigen Schlüssel für die Decodierung. Sie erinnert sich, wie sie die ausgeteilten Zettel angeschaut hatte, immer mit der Angst im Hinterkopf, nun eine verborgene Botschaft, eine geheime Nachricht aus ihnen herausfiltern zu müssen, und der unerfüllbaren Erwartung, dass all die Verwirrung sich in Sinn auflösen könnte, wenn sie nur genauer hinsähe.

Den ganzen Abend wartet sie darauf, dass Nik und Stari online gehen, und fragt dann sofort nach deren Aufnahmen. Ein wenig hat sie den Eindruck, dass die beiden ihre Sorge um Mr. Beard nicht ganz ernst nehmen, und sie muss sich zusammenreißen, nicht ungeduldig oder wütend zu werden. Nik hat kein Rolltor im Datensatz, aber Stari hat es und lässt sich von Tiff dazu drängen, es sofort anzuschauen und im Chat Rückmeldung zu geben, wenn Mr. Beard und sein Hund auftauchen.

Tiff kann sich kaum auf die eigene Arbeit konzentrieren, so sehr schaut sie auf den Chat. Als Stari das Video durchgesehen hat und schreibt, dass weder Mr. Beard noch der Hund aufgetaucht seien, dass das Tor die ganze Zeit über einsam im Halbdunkel gelegen habe, muss Tiff die anschwellende Angst veratmen. Wenn das Adrenalin durch ihren Körper schießt, fühlt es sich an, als würde jemand einen Eimer heißes Wasser über ihr ausschütten. Nik und Stari verstehen nicht, warum sie so panisch reagiert. Es sei doch nicht verwunderlich, der Mann sei vielleicht weitergezogen, wahrscheinlich habe er einen besseren Schlafplatz gefunden. Tiff weiß nicht, wie sie erklären soll, dass es ihr um die Gewissheit geht, dass die Geschichte von Mr. Beard und seinem Hund gut endet.

Malus domestica

Mikael sitzt auf ihrem Sofa und redet von einem hundert Jahre alten Huhn in einem Einmachglas. Er hat einen Zeitungsartikel gelesen, und es geht tatsächlich um ein eingewecktes Federvieh, das zum Familienerbstück wurde. Er hält Tiff sein Smartphone entgegen, um ihr ein Bild von dem Huhn zu zeigen. In einem großen Weckglas ist nur noch wenig braune Flüssigkeit und ein hellgräulicher Hühnerkörper zu sehen. Sie zoomt ins Bild hinein. Das Tier sieht nicht mehr essbar aus, sondern wie eins der Lebewesen in den Gläsern großer naturkundlicher Sammlungen der Expeditionen aus der Mitte des 19. Jahrhunderts, in Chemikalien konservierte Nagetiere, deren Körper der Verfall verweigert wurde und die nun schon viele Jahre jenseits ihrer Zeit existieren. Während Mikael laut darüber nachdenkt, wie sich die Konsistenz des Huhns über die Jahrzehnte wohl verändert haben könnte, fragt sich Tiff, wie es sein muss, sich über ein Huhn im Glas mit mehreren Generationen verbunden zu fühlen.

Sie nimmt einen Apfel aus der Obstschale auf dem Couchtisch und geht in die Küche. Mikael kommt ihr hinterher und bleibt im Türrahmen stehen. Er redet noch immer von dem Huhn, während sie den Apfel in Schiffchen schneidet und auf einem Teller anordnet. Sie bereitet oft Apfelteller für Leon zu, weil sie im Moment des Anrichtens immer das Gefühl hat, eine gute Mutter zu sein. Gefüllte Obstschalen und Teller mit Apfelschiffchen sind ein Zeichen dafür, dass die Dinge unter Kontrolle sind. In einer Familie mit sorgfältig angerichteten Apfelstücken und vollen Obstschalen kann es so schlimm nicht sein, kann der Geldmangel nicht so erdrückend sein, dass das Kind Schaden nimmt.

Mikael nimmt ihr den Apfelteller ab und bringt ihn zu Leon, der auf dem Bauch liegt und Autos hin und her schiebt, während er ein Hörspiel hört.

Tiff deckt den Tisch für das Abendessen und sucht den Kräuterquark im Kühlschrank, während Mikael eine Gurke in Scheiben schneidet.

Erinnerst du dich an den Mann mit dem Hund?, fragt sie ihn, während sie Wasser in einen Plastikkrug laufen lässt.

Mikael nickt, und sie erzählt, dass der alte Mann nicht wiederaufgetaucht ist, dass nur der Hund allein vor dem Rolltor gesessen hat.

Im Gegensatz zu Stari und Nik versucht Mikael nicht, sie zu beruhigen. Tiff zeigt ihm das Handyvideo mit dem leidenden Hund, er schaut es sich mehrfach schweigend an.

Hast du irgendwo in der Aufnahme die Tüten und Beutel von Mr. Beard gesehen?

Nein, es war wirklich nur der Hund da und nichts sonst. Hast du nicht auch das Gefühl, dass er irgendwie verzweifelt wirkt?

Ich kenne mich, ehrlich gesagt, nicht aus mit Hunden, aber glücklich wirkt er jedenfalls nicht.

Siehst du, wie er daliegt?

Mikael schlägt vor, zu recherchieren. Als er *traurige Hunde* in die Google-Suche eingibt, erscheinen zahlreiche Bilder von sehr traurig aussehenden Tieren, die in ihrer Körpersprache der des Hundes vor dem Rolltor ähneln. Gemeinsam schauen sie einige Youtube-Videos an, in denen mit großer Geste die Sprache der Hunde erläutert wird. Danach sind sie sich sicher, dass Mr. Beards tierischer Begleiter in der Videoszene unter großem Stress stehen muss.

Sie rufen Leon zum Abendessen und sitzen gemeinsam um den Tisch in der Küche, der eigentlich nur Platz für zwei Personen bietet.

Was wirst du jetzt machen?, fragt Mikael.

Tiff denkt nach, während sie Leons Becher mit Wasser füllt. Ich werde noch ein paar Tage abwarten, ob ich oder die anderen noch mal ein Video mit dem Rolltor bekommen, sagt sie schließlich.

Nach dem Abendbrot bringt sie Mikael zur Tür. Abends bleibt er nie lang, weil er weiß, dass sie arbeiten muss. Wenn es Neuigkeiten gebe, solle sie ihn anrufen, sagt er. Er wolle noch einen Film schauen, habe aber Zeit, sollte sich etwas ergeben.

Galium odoratum

Die folgenden Tage fließen in dem Gefühl zäher Wärme vor sich hin. Tiff räumt noch weiter in der Hinterhofecke herum, baut aus Ziegelsteinen und einem Brett einen Tisch, an dem sie mit Leon Memory spielt. Die Schatten der Hauswände schützen sie vor der Sonne, deren Hitze von Tag zu Tag heftiger wird. Tiff hat Wassereisstangen im Supermarkt gekauft und das Gefrierfach damit gefüllt. In ihrer Kindheit gab es das Stangeneis an einem Kiosk, dessen Besitzer seine Ware oft betrunken verkaufte und mit glasigem Blick das Wassereis aus der Gefriertruhe hinter der Theke wühlte. Man durfte nie selbst die Farbe auswählen, und so war es immer Glück, wenn man eine der braunen Stangen mit Cola-Geschmack erwischte, die nach Meinung aller Kinder der Straße am besten schmeckten.

Leon mag am liebsten das rote Wassereis, dessen Aroma an Beeren oder Kirschen erinnern soll. Tiff nimmt immer das grüne mit Waldmeistergeschmack. Die Luft ist so warm, dass das Eis in den Schläuchen bereits geschmolzen ist, bevor sie es aufgegessen haben. Leon saugt an der Hülle, um noch den letzten Flüssigkeitsrest herauszubekommen.

Tiff fühlt, wie ihr der Schweiß den Rücken herabläuft. Eigentlich sollte es langsam kühler werden, aber vermutlich steht ihnen eine weitere Nacht mit unerträglichen Temperaturen bevor. Sie hat angefangen, während ihrer Schicht auf einem Handtuch zu sitzen, weil ihr die schwitzigen Schenkel sonst am Schreibtischstuhlpolster festkleben.

Mikael kommt in den Hof, um zu fragen, ob es Neuigkeiten von dem traurigen Hund gibt. Tiff hat in den letzten Tagen nur einmal ein Rolltor-Video bekommen, und darin passierte rein gar nichts. Auch bei den anderen waren keine Aufnahmen von diesem Ort dabei. Sie fragt sich, wie viele Automatons wohl überhaupt die Videos für *ExtraEye* auswerten und ob es eine Möglichkeit gibt, mit ihnen wegen des Hundes in Kontakt zu kommen.

Mikael wird später wieder nach Schweden aufbrechen. Er hat vor einigen Tagen einen Ventilator gekauft, den er Tiff für die Zeit seiner Abwesenheit anbietet. Sie nimmt das Angebot dankend an, und er verspricht, ihr das Gerät bei seiner Abreise vor die Wohnungstür zu stellen.

Am Abend hüpft Leon in Unterhose auf ihrem Bett herum, während Tiff versucht, ihn ins Badezimmer zu lotsen, damit er sich den Dreck von den Füßen wäscht.

Ich will baden gehen, ruft er, als sie ihn endlich so weit hat, für einen Moment stillzustehen.

Vielleicht können wir das in den nächsten Tagen einmal versuchen, antwortet Tiff und hat ein schlechtes Gewissen, weil sie weiß, dass sie sich nicht ins Freibad trauen wird und, selbst wenn sie die Kraft dafür aufbringen könnte, der Eintritt ein weiteres Hindernis darstellen würde. Sie hat Sorge, dass Leon sich später einmal nur an die Kindheitsnachmittage im heißen Hinterhof erinnern wird.

CHAT 6

TiffCat: 🥵🥵🥵
Hier ist es so furchtbar heiß. Mir ist der Schweiß gerade auf die Tastatur getropft. *22:03*

Nik78: Hast du keine Klimaanlage? *22:07*

TiffCat: Nein, so was hat hier, glaube ich, fast niemand. Die gibt es nur in Bürogebäuden und Hotels. Hast du? *22:08*

Nik78: Nein, die sind auch bei uns selten. Aber Stari hat eine, hat letzte Woche davon geschrieben.
Ich hatte heute übrigens wieder ein Video mit Mr. Cap. Der hat mir schon gefehlt. *22:10*

TiffCat: Bei mir sind es seit Tagen nur Lagerhallen, und die sehen alle gleich aus. Weißt du was Neues von Mr. Beard? *22:11*

Nik78: Bisher hatte ich kein weiteres Rolltor-Video, aber ich habe bei der aktuellen Lieferung auch noch nicht in alle reingeschaut. Machst du dir immer noch Sorgen? *22:11*

TiffCat: Ich möchte einfach wissen, dass es ihm und dem Hund gut geht. *22:12*

Nik78: Ich sag dir Bescheid, sobald ich was habe. *22:12*

Passer domesticus

Tiff hat die Badesachen in ihrem Beutel, als sie Leon vom Kindergarten abholt. Sie sagt ihm, dass sie nun einen Spaziergang machen werden, als sie vor der niedrigen Holzbank hockt, um ihm die Klettverschlüsse der Schuhe zu schließen. Er hat diese glasigen Kindergartenaugen, die seine erschöpfte Zufriedenheit zeigen. Seine Beine sind bis zum Saum der kurzen Hose von einer Staubschicht überzogen. Die Luft im Vorraum steht noch mehr als draußen. Erleichterung schafft nur der Luftzug, der entsteht, wenn sich die Glastür öffnet und abholende Eltern hereinkommen.

Heute ist ein guter Tag. Tiff ist ganz langsam zum Kindergarten gegangen, hat auf halbem Weg Pause auf einer Bank gemacht und die Spatzen beobachtet, die sich neben dem Mülleimer um ein halbes Brötchen zankten, dabei auf und ab flatterten und immer lauter zeterten. Als sie durch die Tür der Einrichtung trat, schlug ihr Herz gleichmäßig und ruhig. Ein kleines Mädchen mit schiefem Pony rief sofort durch den Vorraum: Leon, deine Mama! Häufig muss sie für eine Weile auf der kindgerechten Garderobenbank warten, bis er sein Spiel beendet und aufgeräumt hat, heute aber kommt Leon sofort, sodass der Aufenthalt in der stickigen Luft des Vorraums nur von kurzer Dauer ist.

Die Straße riecht nach Staub. Dass der Asphalt im Sommer so riecht, kommt von den kleinen Partikeln in der Nase, dem warmen Gemisch aus Sand, Pollen und Abgasen, das die übrigen Gerüche überdeckt, sich von innen an die Nasenwände legt und all die feinen Geruchshärchen umschließt, bis die Welt nur noch nach Staub zu riechen scheint. Leon lässt die Füße über den Boden schlurfen und freut sich über die aufwirbelnden Staubwolken.

Nimm die Füße hoch, hätte ihre Mutter früher gesagt, und Tiff ist sich sicher, dass derselbe Satz einer Reihe von Menschen, an denen Leon vorbeischlurft, auf den Lippen liegt. Aber sie sagt nichts, denn sie muss sich auf den eigenen Atem konzentrieren und will ihm nicht die Freude nehmen.

Wenn sie diese Straße geschafft haben, dann nach rechts abgebogen und weitere hundert Meter geradeaus gegangen sind, werden sie vor dem Stadtbad stehen. Es ist kein großes Schwimmbad, nur ein flaches Kinderbecken, ein größeres für die Sportschwimmer und ein Sprungturm am Rand. Die Gäste sitzen auf ihren Decken auf der Wiese, die bei dieser Hitze bestimmt schon gelb geworden ist, zwischen den vertrockneten Halmen die üblichen Zigarettenstummel, Eisstiele und Pommespiker. Bei diesen Temperaturen wird das Freibad unerträglich voll sein mit Jugendlichen, die das zum Sprungturm gehörige Becken in eine Hormonsuppe umwandeln. Das letzte Mal war sie mit Leon hier, als er noch ein Kleinkind war.

Leon wird immer langsamer, vermutlich ist er müde. Er nimmt ihre Hand. Sie trotten nebeneinanderher. Er schaut hoch und lächelt sie an, als neben ihnen plötzlich ein Hund aufjault. Wie eine Hitzewelle schießt das Adrenalin der Panikattacke durch ihren Körper.

Ich muss mich hinsetzen, sagt sie und zieht Leon an der Hand zur nächsten Bank. Jeder Schritt fühlt sich an, als würde sie sich durch warme Watte kämpfen, der Boden schwankt. Hinsetzen, atmen, das Gesicht in die Hände. Leons Hände auf ihrem Rücken.

Mama?, fragt er.

Sie zwingt sich, hochzuschauen, zu lächeln. Nur ein Moment, Leon. Gleich ist es besser.

Er streichelt ihre Hand, und ihr steigen die Tränen hoch. Er sollte nicht ihre Hand streicheln müssen, er sollte mit ihr im Freibad sitzen, eingehüllt in das große Spiderman-Handtuch. Stattdessen versucht er, sie zu trösten, und sie versucht, zu lächeln und zu lächeln und zu lächeln.

Nach einer Weile wird es besser. Irgendwann wird es immer wieder besser. Der Körper kann nicht unendlich Adrenalin produzieren, die Panik nicht permanent das hohe Angstniveau halten. Langsam kommt das Umfeld zurück, und sie kann die Realität jenseits von sich und Leon fixieren.

Er schaut sie an. Tiff hasst, wie professionell er mit

ihrer Angst umgeht, wie gewöhnt er schon an diese Situation ist.

Wir können jetzt nach Hause gehen, Mama.

Der jaulende Hund ist nicht mehr zu sehen. Hätte das jähe Geräusch sie nicht so unvorbereitet getroffen, wäre die Panik vielleicht ausgeblieben. Schmerz- und Angstgeräusche von Tieren sind der größte Trigger, die Bilder kommen sofort zurück. Wenn sie den Hundevorfall vorhergesehen hätte, sich auf die Möglichkeit hätte einstellen können, dass er ein solches Geräusch machen würde, wäre es gut gewesen. Der Tag war bis jetzt so erfolgreich.

Ich will nach Hause, sagt Leon jetzt bestimmter und zieht sie von der Bank.

Nebeneinander laufen sie heim, immer wieder drückt Tiff seine Hand, um ihm zu versichern, dass es ihr gut geht.

Sie treffen Monika im Treppenhaus. Vermutlich sieht sie in Tiffs Gesicht, wie schwierig der Heimweg war.

Wollen wir im Hinterhof einen Kaffee trinken?, fragt Monika und schickt Leon schon vor. Was ist passiert?, fragt sie, als das Kind durch die Tür zum Hof verschwunden ist.

Ich wollte mit Leon schwimmen gehen, antwortet Tiff und fängt an zu weinen. Jetzt, wo sie nicht mehr für ihren Sohn lächeln muss, kann sie die Tränen nicht mehr zurückhalten.

Monika hat Kaffee gekocht und eine Schale mit Gummibärchen auf dem Tablett arrangiert. Aus ihrem Kellerverschlag holt sie einen Klappstuhl, und gemeinsam sitzen sie in der sauberen Ecke unter Tiffs Fenster.

Als der Kaffee ausgetrunken ist, geht Monika noch mal in ihre Wohnung und kommt mit einer Plastikwanne in ausgeblichenem Gelb zurück. Sie schlägt vor, die Wanne mit Wasser zu füllen und Leons Plastiktiere baden zu lassen. Gemeinsam tragen sie eimerweise Wasser durchs Treppenhaus. Leon holt seine Kiste mit Tieren und einem Spielzeugschiff von oben. Binnen weniger Minuten ist er völlig durchnässt. Die beiden Frauen sitzen da und schauen ihm zu, wie er mit dem Wasser spritzt und beim Spielen immer mehr Radau macht. Er erinnert Tiff an die Spatzen vom Morgen, wie sie in ihrer hüpfenden Aufregung lauter und lauter wurden. Monika nimmt ihre Hand und drückt sie fest.

Larus canus

Tiff trinkt nur noch selten Alkohol, aber heute macht sie sich vor dem Bildschirm ein Bier auf. Leon wollte ewig nicht einschlafen, und weil sie sich so schuldig fühlte wegen des ruinierten Ausflugs, hat sie lange neben ihm gelegen und darauf gewartet, dass seine Atemzüge endlich ruhiger werden. Ihr Körper ist müde, während ihre Gedanken seltsam aufgekratzt sind. Normalerweise ist sie nach einer großen Panikattacke einfach nur erschöpft, aber heute ist das anders, weil der jaulende Hund auf der Straße sie an den anderen Hund, an den traurigen Begleiter von Mr. Beard, erinnert hat. Als hätte das Aufjaulen heute die Soundspur zu den stummen Überwachungsvideos nachgeliefert.

Der Ventilator dreht sich mit leisem Brummen, das sich mit dem Belüftungsgeräusch ihres Computers zu einem angenehmen weißen Rauschen verbindet, in dem alle übrigen Geräusche verschwinden. Nik hört beim Arbeiten oft in einem Browsertab Youtube-Videos mit diesem immer gleichbleibenden weißen Rauschen.

Einmal hat Nik ihr empfohlen, zu den Geräuschen dieser über zehn Stunden langen Clips zu schlafen, weil das Gehirn dann nicht mehr auf andere Klänge aus der Umgebung reagieren würde.

Sie hat einen dieser Clips, monotones Rauschen mit dem Bild einer Spiralgalaxie, dann für eine Nacht ausprobiert, aber irgendwann weckte Leon sie und fragte, warum so viel Wind im Zimmer sei. Wahrscheinlich hatte er die vielen Stunden verdrängt, in denen er als Baby nur bei eingeschaltetem Föhn oder laufender Geschirrspülmaschine hatte einschlafen können.

Sie öffnet ihren Account und schaut in die neuen Dateien von *ExtraEye*, beim ersten Überfliegen sieht sie sofort, dass auch diesmal kein Video mit dem Rolltor dabei ist. Haben die Eigentümer der Lagerhalle den Überwachungsservice gekündigt?

Dafür hat sie zum ersten Mal Aufnahmen einer Kamera, die mit Weitwinkelperspektive auf einen großen Lagerplatz in der Dämmerung gerichtet ist. Im Vordergrund ist ein leerer, asphaltbedeckter Platz zu sehen, auf den gelbe und weiße Fahrbahnmarkierungen gemalt sind. Von dem Platz gehen drei verschiedene Schneisen ab, die von Wänden aus bunten Containern gesäumt sind. Im Hintergrund sieht sie zwei gewaltige Kräne. Die Behälter für die Seefracht stehen da und warten auf den Weitertransport, befüllt mit Waren aus aller Welt. Wahrscheinlich soll die Überwachungskamera absichern, dass sich niemand an den Containerinhalten bedient. Manche der Stahlbehälter sind besonders rostig, haben Stellen, an denen der Lack von der Außenwand abblättert, andere sehen aus, als wären sie frisch gestrichen. Das Licht der Aufnahmen vermittelt den milchigen Eindruck früher Morgenstunden, aber genau kann sie nicht erkennen, zu welcher Tageszeit das Video aufgenommen wurde. Es passiert nichts. Kein Auto fährt vor, kein Mensch bewegt sich durch die Szenerie, nur eine Möwe sitzt am Rand eines Containers regungslos da, als wäre sie ausgestopft. Tiff splittet den Bildschirm und schaut parallel Musikvideos. Wenn sie aus dem Augenwinkel auf den Lagerplatz blickt, sehen die bunten Frachtkolosse aus wie gestapelte Bauklötze. Sie hat viel Zeit, die Container zu betrachten, sich auszudenken, welche Waren darin verpackt sein könnten. Auf manchen kann sie Aufschriften von Reedereien und Logistikunternehmen erkennen. Während der gesamten Aufnahmezeit taucht nicht ein Mensch auf.

Nachdem sie die Ereignislosigkeit der Sequenz in das Formular eingetragen und ihre Beobachtungen hochgeladen hat, recherchiert sie, seit wann es Container gibt, und ist überrascht, dass die Stahlbehälter noch nicht sehr alt sind. Auf Schwarz-Weiß-Fotografien holen Menschen die Ladung noch direkt aus den Frachträumen der Schiffe. Heute werden Millionen Container in den Häfen der ganzen Welt umgeschlagen, wechseln dort von einem Transportmittel in das andere. Tiff weiß nicht, auf welchen Ort sie in dem Video geblickt hat, in welchem Hafen diese Riesenbehälter verfrachtet werden. Vielleicht kann sie beim nächsten Mal genauer nach Aufdrucken auf den Containertüren schauen, herausfinden, wo sie sich gerade befindet. Aber jede Recherche dieser Art kostet Zeit, in der sie schon einen anderen Auftrag annehmen könnte, und jetzt geht es erst mal darum, Stari und Nik zu befragen, ob sie etwas Neues von Mr. Beard wissen. Die Container müssen warten.

CHAT 7

TiffCat: Wie war der Tag bei euch? *23:34*

Nik78: 😡 So heiß, dass ich mal wieder raus bin. Aber ich hatte keine Sonnencreme, und jetzt brennt mein Gesicht. *23:47*

TiffCat: Ich wollte ins Schwimmbad gehen, aber es hat nicht geklappt. 😞 *00:15*

Stariseria: Wieder Panik? ❤❤❤ *00:18*

TiffCat: Ja, aber mir geht es jetzt besser. Bin bloß ziemlich müde. *00:20*

Nik78: Schwimmbäder sind eh überbewertet. Alles stinkt nach Chlor, und man schwimmt im Pipi einer halben Kleinstadt. Ich war seit mindestens fünf Jahren nicht mehr. *00:21*

Stariseria: Und ich kann nicht wegen meines Rückens, würde aber gerne. *00:23*

TiffCat: Heute hatte ich das Video von einem Containerumschlagplatz. Sehr langweilig, aber ich habe irgendwann alles über Container nachgelesen und weiß jetzt, dass die sich erst während des Vietnamkriegs richtig durchgesetzt haben. *00:24*

Nik78: Das hatte ich ganz am Anfang mal, total ereignislos, oder? Ich weiß noch, dass ich nebenbei Online-Scrabble dazu gespielt habe. Vielleicht sollte ich parallel auch mal in Wikipedia lesen. *00:25*

TiffCat: Aber niemand von euch hatte Mr. Beard? *00:26*

Nik78: Nein, ich hatte zwei kürzere Aufnahmen mit Lagerhallen. Wenig Menschen-Action heute. *00:26*

Stariseria: Ich schau mal, was bei mir hochgeladen ist. Wartet kurz. *00:27*

Nik78: Gehst du gleich schlafen, Tiff? *00:27*

TiffCat: Ja, glaub schon. Nach dem Tag heute bin ich zu müde für weitere Autobs und hab auch keine Lust zu suchen. *00:28*

Nik78: Ich hätte dir sonst noch einen empfohlen, in dem man Bilder von künstlich generierten Gesichtern bewerten muss. Der war lustig, einige Bilder waren richtig schön unheimlich, falsch gebaute Brillen, Ohrringe an der Schläfe und solche Sachen. 😱 *00:23*

TiffCat: Ich hasse diese generierten Porträts irgendwie. *00:29*

Stariseria: Leute, ich hab tatsächlich das Rolltor, und der Hund sitzt wieder ohne Mr. Beard da. *00:29*

TiffCat: Oh nein, er ist immer noch allein. *00:30*

Nik78: Aber du weißt nicht, wie aktuell es ist. Kann auch sein, dass Stari einfach das Video zur Auswertungskontrolle bekommen hat, das du schon hattest. Wir wissen ja nicht, wie die zeitliche Reihenfolge der Aufnahmen ist. *00:30*

TiffCat: Stimmt. Ich hab auch nicht drauf geachtet, wie das Wetter war. Ich glaube, es hatte nicht geregnet. *00:31*

Stariseria: Ich hab gerade mal durchgescrollt. Der Hund kommt relativ am Anfang, und dann sitzt er da. Ich schaue nur grob, ob Mr. Beard auftaucht. Das Wetter sieht nicht sehr gut aus, soweit ich es erkenne, also kein Regen, aber Wind, glaub ich. Sieht ungemütlich aus. *00:34*

TiffCat: Okay, ich warte auf jeden Fall noch. Glaube, in meinem Video war das Wetter auch nicht angenehm. Auf den Screenshots kann ich es nicht erkennen, auf jeden Fall hat es nicht geregnet. *00:36*

Nik78: Ich glaube, dass das Wetter in meinen Rolltor-Videos auch immer okay war, also die Straße war nie nass, einmal gab es Nebel. *00:37*

Stariseria: Oh wow, jemand hat den Hund mitgenommen. 😮 *00:46*

TiffCat: Wie jetzt? Mr. Beard? *00:48*

Stariseria: Nein, ein Auto hat vor dem Tor geparkt, und ein Mann ist ausgestiegen, hat den Hund erst getreten und dann am Nackenfell gepackt und in den Kofferraum geworfen. *00:49*

TiffCat: Oh Gott! *00:50*

Stariseria: Danach ist das Auto weg. Bis zum Ende war dann nur das Tor zu sehen, keine weiteren Menschen. Das Auto ist auch nicht zurückgekommen. Wartet, ich mach Screenshots. Verdammt. Der arme Hund. *00:50*

Nik78: Ob das ein Tierfänger war? *00:51*

TiffCat: Die gibt es wirklich? Ich dachte immer, das sei eine Erfindung aus Disney-Filmen. *00:52*

Nik78: Klar gibt es die. *00:52*

Stariseria: Sind Tierfänger nicht immer bei der Stadt angestellt? Das Auto sieht doch viel zu teuer aus für eine Behörde oder ein Unternehmen. *00:53*

Nik78: Vermutlich würde ein Tierfänger auch den Hund nicht treten, oder? *00:53*

Stariseria: Man kann es zumindest hoffen.
Tiff, ist alles okay? *00:54*

TiffCat: Ja 😐 *00:55*

Stariseria: Sicher? *00:55*

TiffCat: Nein. Scheiße. Ich wusste, dass mit dem Hund was nicht stimmt. Was soll ich denn jetzt machen?
Wo ist Mr. Beard? *00:56*

Nik78: Wir könnten versuchen, herauszufinden, ob andere Automatons auch für *ExtraEye* arbeiten und ob irgendjemand Mr. Beard oder den Hund gesehen hat. *00:57*

Stariseria: Aber wir müssen vorsichtig sein, sonst brechen wir die Geheimhaltungsvereinbarung. *00:58*

Nik78: Ja, schon klar. Keine offenen Fragen im Forum. Am besten fragen wir die Leute direkt, die wir besser kennen, und schauen, ob die vielleicht von anderen wissen. *00:59*

TiffCat: Aber dauert das nicht viel zu lange? Müssen wir uns nicht beeilen? *00:59*

Stariseria: Wir müssen vor allem vorsichtig sein, dass niemand mitbekommt, dass wir uns umhören. Ich richte einen Chat ein für alle, die wir auftreiben. Vielleicht haben auch noch andere Screenshots gemacht. *1:00*

TiffCat: Meint ihr, die Leute vertrauen uns mit solchen Infos? Die haben doch auch alle diese Erklärung unterschrieben. 🤔 *1:02*

Nik78: Deshalb müssen wir erst mal mit Leuten anfangen, die wir besser kennen. Und wir sollten auch noch mal durch alles Bildmaterial gehen, das wir haben, vielleicht finden wir noch was. Machst du Screenshots, Stari? *1:03*

Stariseria: Selbstverständlich, und ich schaue ganz genau, ob es Hinweise gibt, was da vorgefallen ist, was das überhaupt für eine Halle ist. *1:05*

Coffea arabica

Tiff will die Geheimhaltungsvereinbarung mit *ExtraEye* gründlich studieren. Dafür muss sie reihenweise Begriffe in die Übersetzungswebsite eingeben, und trotzdem fällt es ihr schwer, aus den Paragrafen schlau zu werden. Normalerweise unterzeichnet sie diese Vereinbarungen, ohne sie genauer zu lesen. Bisher waren sie immer nur eine lästige, aber notwendige Nebensache bei manchen der Jobs. Wem außer den anderen Automatons und Mikael sollte sie schon von ihren Aufträgen erzählen? Die Dokumente wirken auf sie wie eine nebulöse Drohkulisse, im Grunde weiß sie gar nicht, wie weit die Schweigegebote reichen und ob sie diese nicht sowieso schon gebrochen hat.

Monika klingelt und unterbricht Tiffs Versuch, das Dokument zu übersetzen. Sie hat eine Packung Spielsand im Angebot gekauft und will für Leon einen Sandkasten im Hof aus einer alten Aufbewahrungskiste basteln. Tiff ist froh über die Ablenkung und hilft ihr, den Sack dorthin zu tragen. Gemeinsam befördern sie den Sand in die Kiste und streichen ihn mit den Händen glatt, damit sie den Deckel draufsetzen können. Die Sandkristalle kleben auf der schwitzigen Haut. Monika fragt, ob sie noch einen Kaffee bei ihr trinken möchte, und Tiff nimmt die Einladung an, obwohl sie eigentlich keine Zeit dafür hat.

Als sie mit frisch gewaschenen Händen am Tisch sitzt, bringt Monika zwei Becher Kaffee und eine Schale mit Erfrischungsstäbchen, deren Schokoladenüberzug durch die Hitze schon recht weich geworden ist.

Ich habe mich immer gefragt, wie der Hohlraum und diese knusprige Zuckerkruste in der Schokoladenhülle entstehen, sagt Tiff kauend. Früher habe ich immer versucht, eine Einstichstelle an den Stäbchen zu finden, wo die Füllung hineingespritzt worden sein könnte, wie bei Berlinern.

Eine Einstichstelle wirst du nicht finden können, sagt Monika. Erfrischungsstäbchen sind Krustenpralinen, so wie auch Weinbrandbohnen und viele Likörpralinen. Der Likör wird in der Zuckerkruste gefangen und dann später mit Schokolade überzogen.

Tiff beißt eins der Erfrischungsstäbchen vorsichtig auf, um sich die Zuckerkruste anzuschauen. Dabei läuft etwas von der Flüssigkeit auf den Tisch. Sie will aufspringen, um einen Lappen zu holen, aber ihre Nachbarin hält sie am Arm zurück: Lass bitte, das mach ich später sauber. Trink du nur in Ruhe deinen Kaffee aus.

Als sie fertig sind, trägt Tiff ihre Tasse in die Küche, stellt sie in der Spüle ab und verabschiedet sich von Monika, die gerade anfängt, den Tisch abzuwischen.

Zurück in ihrer Wohnung schaut sie als Erstes nach einem Erklärvideo zu Krustenpralinen. In einem Clip zeigt eine Frau, die mit freundlicher Stimme jeden Handgriff erklärt, wie sie eine Form mit Stärkepuder füllt, das Puder glatt streicht und kleine Kerben hineindrückt. Die Zuckerflüssigkeit muss die richtige Temperatur und das passende Mischverhältnis haben, wenn die kleinen Ausbuchtungen gefüllt werden. Anschließend siebt die Frau erneut Stärke über die Pralinenrohlinge, jeder ihrer Handgriffe sitzt. Die präzise Monotonie der Erläuterungen wirkt so entspannend auf Tiff, dass sie das Video bis zum Ende sieht, wo die Zuckerpralinen nach einiger Zeit umgedreht werden und sich eine feste äußere Kristallhülle gebildet hat, während im Inneren der Sirup flüssig geblieben ist. Die zerbrechlichen Zuckerformen werden mit Schokolade überzogen, die exakt 31,5 Grad haben muss, das halbe Grad ist wichtig und macht den Unterschied.

Im Youtube-Kanal der Frau gibt es noch zahlreiche weitere Erklärvideos zur Pralinenzubereitung. Aber Tiff hat kein Bedürfnis, selbst Pralinen herzustellen, sie möchte bloß entspannen, während sie anderen beim Handwerken zuschaut. Sie wünscht sich ein solch kompetentes Video auch zu ihrer Geheimhaltungsvereinbarung, aber was sie findet, sind bloß Erklärungen, die ihr noch mehr Furcht einflößen.

Sie schaut auf die Uhr, bald muss sie Leon abholen, aber noch hat sie einen Moment, zu kurz allerdings, um mit einem Autob zu beginnen. Also geht sie noch einmal die wenigen Screenshots durch, die sie von

Mr. Beard und dessen Hund gemacht hat. Sie zoomt weit in ein Bild hinein, versucht, irgendwelche Spuren aufzutun, die ihr einen Hinweis auf den Ort geben können, an dem sich das Rolltor befindet.

Auf manchen Screenshots muss es später in der Nacht sein, dann wird der Lichtfall einer Laterne auf dem Asphalt sichtbar. Manchmal ist auch Licht hinter der Milchglastür, aber Tiff kann nirgendwo ein Firmenschild entdecken, nicht den kleinsten Hinweis darauf, wer diese Räume wofür verwendet und weshalb es eine Überwachung braucht. Das Rolltor bleibt immer unverändert, es ist auf allen Bildern geschlossen. Stella zoomt in das Bild hinein, lässt ihren Blick über die einzelnen Lamellen wandern, versucht, übereinandergemalte Schriftzüge zu entziffern, Tags wie in jeder zweiten Unterführung. Vielleicht gibt es Aufkleber oder Sticker mit einem Hinweis auf den Ort dieses Gebäudes?

An der rechten Torseite, etwa auf Kopfhöhe, findet sie tatsächlich einen Sticker, der aussieht wie eine Pizza mit Nummer. Vielleicht der Werbeaufkleber eines Restaurants, halb verborgen unter einem schwarzen Schriftzug, der den unteren Teil eines schwarz-blauen Graffitos bildet, das vermutlich *Strobes* bedeuten soll. Sie kann weder Namen noch Telefonnummern entziffern, aber ihr fällt jetzt in der unteren rechten Ecke ein weiterer Aufkleber auf. Er ist sehr klein, halb abgerissen, und wird unscharf, wenn sie heranzoomt.

Tiff kontrolliert die übrigen Screenshots. Auf einem ist die Auflösung etwas besser, direkt neben dem Kopf von Mr. Beard, der schlafend vor dem Rolltor liegt, findet sie den Aufkleber wieder. Zuerst denkt sie an das ausgefranste Ende einer Art Flechtzopf, viele lose Fäden, die sich zu einem Strang sortieren, doch dann realisiert sie, dass es sich um einen stilisierten Baum handeln muss. Ihr gefällt der Gedanke, dass Mr. Beards schlafender Kopf neben einem kleinen Baum liegt. Unter dem abstrakten Baumbild ist ein halber Schriftzug zu entziffern, aber dort steht nur *Town*, was ihr kaum weiterhelfen wird.

Bei der Suche nach *town* und *tree* verweisen die meisten Resultate auf die zentrale Plaza im Computerspiel *Animal Crossing*, es ist nur logisch, eine Stadt – selbst wenn sie virtuell ist – um einen Baum herum zu bauen. Als sie jedoch *town*, *tree* und *symbol* eingibt, erscheint als erstes vorgeschlagenes Bild der stilisierte Baum von dem Aufkleber, und darunter steht: *The Town*. Als sie auf das Motiv klickt, werden ihr noch mehr Bilder des Baumes angezeigt, unter vielen steht *City of Oakland*. Tiff muss sich bremsen, nicht zu aufgeregt zu sein über diese Entdeckung. Ein Aufkleber aus Kalifornien muss ja nicht zwangsläufig bedeuten, dass sich auch die Überwachungskamera dort befindet. Aber es ist ein erster Hinweis, mit dem sie weiterarbeiten können.

Solanum lycopersicum

Tiff hat die vergrößerte Aufnahme des *Oakland*-Aufklebers bereits in den Chat gestellt und dann ungeduldig neben Leon gewartet, der erst eingeschlafen ist, nachdem er noch zwei Folgen Hörspiel erbettelt hatte. Sie öffnet sofort den Chat, um die Reaktionen von Stari und Nik zu sehen. Sie sind nicht online, haben aber beide schon etwas dazu geschrieben, und natürlich versuchen sie, Tiffs Begeisterung zu bremsen. Stari erklärt, dass der Oakland-Baum auch ein beliebtes Modesymbol sei und der Aufkleber deshalb so gut wie überall auftauchen könne. Tiff ärgert dieser Kommentar. Sie ist ungeduldig. Stari und Nik haben außerdem noch diskutiert, wem sie vertrauen und wen sie anschreiben könnten – sie will aber nicht länger abwarten und vorplanen. Neben Leon liegend und mit einem Ohr das Hörspiel mithörend, ist ihr etwas eingefallen. Im Automaton-Forum hat sie daraufhin eine sehr allgemein gehaltene Frage nach Erfahrungen mit Geheimhaltungserklärungen veröffentlicht. Sehr wahrscheinlich haben auch noch einige andere das Dokument von *ExtraEye* unterschrieben, und vielleicht geben sie in ihren Antworten Hinweise dazu.

In ihren Videos ist heute Abend wieder nur eine Lagerhalle zu sehen und noch einmal der Containerplatz. Tiff hört dazu einen Koch-Podcast, in dem sich ein Mann und eine Frau über Tomaten unterhalten. Es ist unerwartet interessant, was sich alles über Tomaten erzählen lässt, und es lenkt sie ab von der Monotonie der Überwachungsclips. Ihre Augen sind schon wieder zu trocken. Die Hitze im Zimmer und die langen Stunden vor dem Bildschirm plagen sie seit Längerem. Stari hat ihr geraten, sich künstliche Tränenflüssigkeit zu bestellen, deshalb steht jetzt eine Pappschachtel mit kleinen Plastikampullen neben ihrem Bildschirm. Sie öffnet eine davon und legt den Kopf in den Nacken. Seit sie sich einmal mit der abgerissenen Spitze versehentlich das Auge verletzt hat und deshalb den Rest des Abends nicht mehr richtig sehen konnte, lässt sie die Flüssigkeit auf ihre geschlossenen Lider träufeln. Wenn sie den Kopf schräg hält, sammeln sich die Tropfen in den Augenwinkeln und sickern dann langsam unter den Wimpern hindurch bis auf die ausgetrocknete Hornhaut. Das Brennen lässt nach. Als Tiff den Kopf wieder gerade hält, fließen Reste der künstlichen Tränen ihre Wangen hinab. Statt eines fortlaufenden Rinnsals wie bei der körpereigenen Flüssigkeit bilden die künstlichen Tränen dicke Tropfen, die einzeln vom Lidrand kullern und sich auch beim Wegwischen mit der Hand anders anfühlen.

Im Forum haben sich vier Leute gemeldet, die auch eine Geheimhaltungsvereinbarung unterzeichnet haben. Drei von ihnen hat sie schon öfter hier gesehen, ihnen schreibt sie eine Nachricht und fragt, ob sie auch Videoclips auswerten würden. Genauer will sie nicht werden, falls *ExtraEye* das Forum überprüft.

CHAT 8

Nik78: Ich habe mich umgehört und eine Person gefunden, die auch für *ExtraEye* arbeitet. Gute Idee mit der offenen Frage im Forum, Tiff. *00:12*

TiffCat: Ja, es haben einige geschrieben, dass sie auch Erfahrung mit Geheimhaltungsvereinbarungen hätten, aber ich habe längst nicht alle kontaktiert, weil ich nur einen Teil von ihnen kenne. *00:13*

Nik78: Wir sollten uns mal abgleichen, ich schick dir eine Liste, wer mir bekannt ist. *00:14*

Stariseria: Ich mach auch eine. Hab im Chat ebenfalls zwei Leute aufgetan, aber schon mit Nik festgestellt, dass wir uns überschneiden. 😐 *00:17*

TiffCat: Bei mir sind es drei, die mir bestätigt haben, dass sie für *ExtraEye* arbeiten. Zwei hatten Mr. Beard und den Hund, aber niemand hat Screenshots gemacht. ☹️ *00:18*

Nik78: Und sie haben auch nichts Auffälliges gesehen? *00:18*

TiffCat: Nein, leider nicht. Habt ihr konkreter nachgefragt? *00:19*

Stariseria: Ich hab der einen Person vorhin genauer erklärt, worum es geht, aber noch nichts gehört. *00:20*

Nik78: Bin gerade im Chat mit einer.
Meld mich gleich. *00:20*

TiffCat: Würde ja reichen, wenn wir noch an besseres Bildmaterial kommen könnten, irgendwas Identifizierbares, eine Zeitung, ein Nummernschild, irgendwas. Das Rolltor habe ich gründlich abgesucht, aber außer dem *Oakland*-Aufkleber keine Spur. *00:22*

Stariseria: Ich hab recherchiert, ob man von dem Aufkleber irgendwas ableiten kann, ob das nur so ein Stadtwerbeding ist oder von irgendeinem Label. Hat leider zu nichts geführt. Aufkleber können einfach sehr weit rumkommen. Eigentlich wissen wir nicht mal, ob Mr. Beard in den USA ist. Außerdem hab ich über die anderen Videos nachgedacht, auch da würde ich sagen, dass ich nicht mal genau weiß, auf welchem Kontinent sie aufgenommen sind. *00:25*

TiffCat: Das habe ich mich auch schon gefragt. Mein Eindruck ist schon, dass die meisten irgendwo in den

USA aufgenommen wurden, aber vielleicht ist das auch bloß meine Voreingenommenheit, weil ich weiß, dass *ExtraEye* dort sitzt. *00:27*

Nik78: Bin gleich fertig mit meinem Chat, gibt Neuigkeiten. Bleibt bitte online! *00:27*

Stariseria: Wow, echter Cliffhanger 😐 *00:27*

TiffCat: 💯 *00:28*

Nik78: Okay: Erinnert ihr euch an den User PaperGiant? Mit dem hab ich eben gesprochen. Der bearbeitet genauso lange die *ExtraEye*-Videos wie wir. Hab erst mal unverfänglich mit ihm gechattet. Der hatte auch mehrfach den Containerumschlagplatz, von dem Tiff erzählt hat, und viele Lagerhallen. Außerdem hat er Videos von einem Baustoffhandel analysiert, eine große Lagerfläche mit Brettern und Steinhaufen und einem Nachtwächter mit Schäferhund. Hattet ihr das auch? *00:35*

Stariseria: Ich nicht. Bedeutet aber, dass wahrscheinlich noch viel mehr Material zirkuliert und richtig viele Automatons für diesen Auftraggeber arbeiten. Die Frage ist, wie viele von denen überhaupt im Forum aktiv sind. *00:37*

TiffCat: Bei mir gab's auch noch keine Videos mit Schäferhund. Aber viel wichtiger: Hatte PaperGiant auch Mr. Beard dabei? *00:37*

Nik78: Hab versucht, ihn eher grundsätzlich auszufragen, was er so gesehen hat, damit er nicht misstrauisch wird. Der hatte wohl zwei Mal Mr. Beard. Hab ihn gefragt, ob ihm in diesen Videos was Besonderes aufgefallen ist. *00:38*

TiffCat: Hast du PaperGiant angedeutet, dass wir glauben, Mr. Beard könnte etwas zugestoßen sein? *00:39*

Nik78: Nein, nicht so deutlich. Aber vielleicht vermutet er das, warum sollte ich sonst nachfragen? *00:39*

Stariseria: Ich denke, dass es ganz gut ist, wenn Nik nicht zu detailliert nachfragt, dann kommt PaperGiant gar nicht in Verlegenheit, in etwas mit reingezogen zu werden, bei dem er oder sie nicht dabei sein möchte. *00:40*

Nik78: Ja, ich hab es so vage wie möglich gehalten. PaperGiant hat auf jeden Fall zwei Mal Mr. Beard gesehen, erinnert sich zumindest an zwei Videos. Die Erinnerungen fließen irgendwie ineinander. Einmal war es wohl eine Sequenz, wie wir sie öfter hatten, mit Mr. Beard und seinem Hund, ohne größere Vorkommnisse. Das zweite Mal war wahrscheinlich ein Mitschnitt, den wir nicht zu sehen bekommen haben. PaperGiant schreibt, dass Mr. Beard ein Gespräch mit jemandem geführt habe, der aussah wie ein Sicherheitsmann, mit dunkelblauer Uniform und Taschenlampe. *00:41*

TiffCat: Verdammt. Gibt es Screenshots? Ist da irgendwas aufgefallen? *00:42*

Nik78: Ja, aufgefallen schon, aber Screenshots macht PaperGiant generell nicht. Das Gespräch wirkte nicht gerade freundlich, Mr. Beard ist danach mit dem Hund verschwunden und nicht mehr aufgetaucht. *00:42*

Stariseria: Das bedeutet, der Sicherheitstyp hat ihn vermutlich vertrieben. *00:43*

TiffCat: Aber was das für ein Sicherheitsmann war, daran erinnert PaperGiant sich nicht, oder? Firmen- oder Markennamen, Autokennzeichen, irgendwas? *00:43*

Nik78: Nein, leider nicht. Aber es ist auf jeden Fall ein Zeichen dafür, dass dieser Schlafplatz nicht so gut war. Da sind offensichtlich Leute, die ihn und den Hund nicht dort haben wollen. Warum sind die beiden dann aber wieder zurückgekommen? *00:44*

Stariseria: Vielleicht gab es einfach keinen besseren Ort. Wir hatten doch einige Videos, in denen er da ziemlich ungestört schlafen konnte. Ich vermute, die Sicherheitsleute fahren rum und vertreiben die Leute, aber die patrouillieren nicht jede Nacht an der gleichen Stelle. *00:45*

TiffCat: Denkt ihr, dass ihm dieser Typ etwas angetan haben könnte? Ich frage mich auch, ob es derselbe ist, der auch den Hund mitgenommen hat. *00:46*

Nik78: Ich bin, ehrlich gesagt, immer noch nicht sicher, ob überhaupt was Schlimmes passiert ist. *00:46*

Stariseria: Das kostet jetzt schon alles viel Zeit, und vielleicht ist Mr. Beard auch einfach abgetaucht und hatte keine Lust mehr auf den Hund. *00:47*

TiffCat: Das glaube ich nicht. Er hat ihm nächtelang vorgelesen! *00:48*

Nik78: Vielleicht ist es auch einfach Quatsch, aufgrund irgendwelcher Videos so einen Aufriss zu starten. Selbst wenn er seinen Hund geliebt hat, warum sollen wir uns hinter diese Sache klemmen? *00:50*

TiffCat: Leute, ich zwinge euch nicht, mitzumachen, aber ich werde noch nicht aufgeben. *00:51*

Nik78: Warum ist es dir so wichtig? *00:51*

TiffCat: Warum ist es dir egal, wenn du doch ganz klar gesehen hast, dass es dem Hund im letzten Video schlecht ging? *00:52*

Nik78: Das ist unfair. Ich hab nie gesagt, mir ist es egal. Ich frage mich bloß, ob unsere Energie nicht woanders besser eingesetzt wäre. Ist ja nicht der einzige Hund auf der Welt, dem es schlecht geht. Vermutlich könnten wir in einem Tierheim bei uns um die Ecke mehr bewirken. *00:53*

TiffCat: In so ein Tierheim kann ich aber nicht gehen. Ich schaff es ja nicht mal mit meinem Kind in den verdammten Park. *00:55*

Nik78: Sorry 🖤 *00:56*

Stariseria: Außerdem ist Mr. Beards Hund der einzige Hund, den wir gemeinsam seit Wochen beobachten. *00:57*

TiffCat: Ich bleibe auf jeden Fall an der Sache dran. *00:57*

Stariseria: Überredet. Wir können gerne noch weiter nachforschen, was da passiert ist. Ich bin dabei, und so viel Zeit ist es ja doch nicht. *00:58*

Nik78: Okay, dann also weiter *00:59*

TiffCat: 💋 *00:59*

Restholz

Die Radiomusik passt so perfekt zur Stimmung der Autofahrt, dass Stella bei jeder Werbeunterbrechung erneut zusammenzuckt. Sie hat diesen Ausflug schon so oft gemacht, kennt jede Biegung der Straße, weiß ganz genau, wo welcher Baum steht und wann sie den Fluss neben der Fahrbahn sehen kann. Als sie zum ersten Mal bemerkte, dass sie unbedingt ihre Wohnung verlassen sollte, um nicht dem Bedürfnis nachzugeben, sich vor der Welt zurückzuziehen, fing sie an, die von den Baumriesen gesäumte Route mit dem Auto zu erkunden. Sie interessierte sich nie für die Sehenswürdigkeiten, die im Verlauf der Strecke ausgewiesen sind. Wollte sich weder die Häuser in den Stämmen anschauen noch mit dem Auto durch den gewaltigen Spalt im Stamm eines der Mammutbäume hindurchfahren. Bei vielen ihrer Touren war sie nicht mal ausgestiegen, sondern einfach nur die Straße in Richtung Süden weitergefahren. Diese Ausflüge geben ihr immer wieder das Gefühl, einen Schritt in die Welt zu machen, vor der sie das Auto gleichzeitig beschützt – als eine Art Verlängerung der eigenen vier Wände. Sie kann Radio hören und einfach weiterfahren und muss mit niemandem reden. An regnerischen oder kalten Tagen, wenn kaum Touristen unterwegs sind, ist sie am liebsten hier, vor allem im Herbst und Winter, wenn sie allein ist auf den Parkplätzen, an den Pausenorten und kleinen Rundwegen.

Nur einmal hatte sie ihre erste Fahrt unterbrochen, um den Schildern zum unsterblichen Baum zu folgen. Sie hatte den tausend Jahre alten Küstenmammutbaum in ihrer Kindheit schon einmal gesehen. Er hatte nicht nur zahlreiche Fällversuche und Blitzeinschläge überlebt, sondern auch der gewaltigen Flut getrotzt, die im Winter 1964, kurz nach Stellas Geburt, die gesamte Region verwüstet hatte. Ganze Orte waren damals ausradiert worden. Ihr Großvater hatte oft davon erzählt, wie die Wassermassen auch über das Sägewerk hinweggegangen waren und sämtliche Baumstämme mit sich gerissen hatten. Zuerst waren Unmengen an Schnee gefallen, dann begann eine längere Regenperiode mit wärmeren Schauern, die der gefrorene Boden nicht hatte aufnehmen können. Der unsterbliche Baum aber hatte die Katastrophe überlebt. Die Pegelhöhe der Flut, die er standhaft überragt hatte, war mit einem an den Stamm genagelten Holzfisch markiert. Stella hatte den Baum seitdem oft besucht, obwohl er keine der besonders spektakulären Attraktionen war. Sie fühlte sich von seiner Widerstandskraft angezogen und stand gern an seiner Wurzel, schaute zu dem Holzfisch hinauf, der in erstaunlicher Höhe über ihrem Kopf hing, und stellte sich vor, wie das Wasser des Jahrhundertereignisses bis weit über sie hinausreichte.

Dieses Mal stoppt sie in einer kleinen Stadt, die in der Nähe des zu durchfahrenden Baums liegt und von der Flutwelle vor über einem halben Jahrhundert weiträumig zerstört worden war. Sie kauft sich einen Coffee to go, der deutlich besser schmeckt, als sie erwartet hat, und setzt sich auf eine Bank in die Sonne. Neben der Bank stehen Heckenrosenbüsche. Die meisten Blüten sind bereits verblüht. Als sie neben sich auf die Lehne der Bank schaut, entdeckt sie ein Tier, das auf den ersten Blick wie eine Wespe aussieht. Sie beugt sich vor und betrachtet das Insekt. Der schwarze Körper mit den dünnen gelben Streifen zeigt deutlich, dass es keine Wespe ist, sondern ein Tier, das diese Ähnlichkeit bloß nutzt. Seine glasigen Flügel sind fast durchsichtig und an den unteren Rändern leicht buschig. Das Tier bewegt sich nicht, als Stella ein Handyfoto macht. Sie lehnt sich zurück und lässt das Insekt neben sich die Wärme der Sonne genießen. Von der Bank aus kann sie den Fluss betrachten. Vermutlich ist das große Gewässer auch Ursprung des kleineren Abzweigs, an dem sie damals im Wald mit James gesessen hat, bevor sie voneinander Abschied nahmen. Eigentlich hat sie James und Lincoln einmal auf einen ihrer Ausflüge mitnehmen wollen, denn er liebt die riesigen Bäume an der Küste genauso wie sie, auch wenn er einen Großteil der letzten Jahrzehnte an der Ostküste verbracht hat. Was genau er dort getrieben hat, weiß sie nicht, aber sie ist sich sicher, dass keine Familie dort auf ihn wartet, dass er genauso einsam ist wie sie.

Als James das erste Mal in der Suppenküche auftauchte, hatte sie ihn gefragt, ob er all die vergangenen Jahre weiter herumgereist war. Sie hatte immer mal wieder an ihn gedacht, sich vorgestellt, wie er mit gerötetem Sommersprossengesicht in der Hitze Avocados erntete oder im Winter Weihnachtsbäume zum Verkaufsplatz schleppte. Manchmal hatte er ihr Postkarten geschickt, passenderweise immer kurz bevor er aus ihrem Gedächtnis herauszufallen drohte. Einige Male hatten sie miteinander telefoniert, Besuche geplant, zu denen es aber nie gekommen war. Oft hatten wichtigere Dinge angestanden, waren Ereignisse dazwischengekommen. Das Leben lief weiter.

An dem Abend, als sie sich wiedersahen, hatte er erzählt, dass er lange Jahre fest an einem Ort geblieben war, sogar ein Zuhause in einem Trailerpark gefunden hatte. Doch als er seine Anstellung verlor, weil das Geschäft pleiteging, habe er beschlossen, noch einmal nach Kalifornien zu reisen. Der Weg sei lang gewesen, er habe überwiegend im Freien geschlafen, das Wissen von früher sei ihm dabei eine Hilfe gewesen.

Stella hatte überlegt, ob sie James zu sich nach Hause einladen sollte, war aber unsicher gewesen, ob das Angebot vielleicht zu schnell kommen würde und ihre sich gerade neu entwickelnde Nähe ersticken könnte. Gerade als sie angefangen hatte, mit ihm Treffen jenseits der Suppenküche zu planen, einen gemeinsamen Ausflug, ein Abendessen, war er nicht mehr aufgetaucht.

Bouteloua dactyloides

In der 104th Avenue in Oakland führen viele Stromkabel von Holzmasten, die noch wie Baumstämme aussehen, flach über die Straße zu den kleinen Häusern. Als würde sich ein Spinnennetz über der schmalen Fahrbahn spannen. Tiff klickt die Straße entlang und stellt sich das Kameraauto vor, das hier durchgefahren ist, um alles abzufotografieren. Die Sonne scheint in der Street-View-Ansicht, in manchen Gärten stehen Palmen. Wenn sie stark heranzoomt, kann sie fast in die Fenster der Häuser schauen. Bei vielen sind die Vorhänge zugezogen, an einigen Hauswänden hängen Klimaanlagen, vor einem Haus zieht sich ein blühender Busch fast bis aufs Dach hinauf. Die bunten Blüten lenken von der abblätternden hellgrauen Farbe der Hauswand ab.

In einem Vorgarten ein paar Straßen weiter liegt ein alter Mann auf einer Sonnenliege, das Gesicht ist verpixelt, aber höchstwahrscheinlich würden die Menschen aus seiner Nachbarschaft ihn sofort erkennen. Das Bild ist aus dem laufenden Jahr, erklärt eine Infobox in der oberen linken Ecke der Ansicht. Tiff kann sich durch zahlreiche Aufnahmen der letzten Jahre von genau diesem Vorgarten klicken, die erste ist von 2007. Einige Bilder sind aus dem Frühling, dann ist das Gras noch grün im Herbst sieht es gelblich und vertrocknet aus. Die Auffahrt verändert sich, manchmal steht ein Auto vor dem Zaun. Den Mann von der Sonnenliege findet sie in einer Aufnahme wieder, die mehrere Jahre alt ist. Er steht vor der Haustür, wieder ist das Gesicht verpixelt, sehr wahrscheinlich aber ist es derselbe Mann, der Jahre später in seinem Garten die Sonne genießt.

Tiff könnte ihre Mutter in Kanada suchen, schauen, ob es Bilder auch von ihr gibt, die ohne ihr Wissen bei Street View gespeichert sind. Teile ihres eigenen Lebens könnten sich als Datenspur in der Straßenfotografie finden. Sie fragt sich, wie viele der verpixelten Menschen noch am Leben sind und wie viele Geister sich wohl in diesen Aufnahmen aus der Vergangenheit finden lassen. Vielleicht gibt es irgendwo in der endlosen Menge an Bildern auch noch weitere Aufnahmen von Mr. Beard und seinem Hund.

Sie sucht auf der Übersichtskarte nach Gegenden an der Küstenlinie, die etwas abgelegener sind, Orte, an denen typischerweise Lagerhallen und kleinere Fabriken angesiedelt sind. Wenn sie eine solche Gegend gefunden hat, verändert sie den Modus zurück zur Straßenansicht. Die Straßen verlaufen meist rechtwinklig zueinander, als hätte jemand sie auf dem Papier perfekt vorgezeichnet. Wenn sie zu rasch klickt, dreht sich plötzlich die Ansicht, und sie ist kurz desorientiert, verändert den Blick mit einem Klick wieder in eine andere Himmelsrichtung und versucht, zum Ausgangspunkt zurückzufinden.

Im Norden von Oakland sieht sie eine größere Straße, einen Bahnübergang, Zäune, Mietshäuser, viele kleine, schäbige Zelte auf einer Grünfläche, in denen die Menschen vermutlich leben. An einem Holzzaun hinter den Zelten hängt ein Schild, auf dem in handgeschriebenen Buchstaben steht: *First They Came for the Homeless*. Schräg hinter dem schmalen Grün mit den Zelten direkt an der Straße ist eine abgezäunte Wiese zu sehen, eingefasst von einem Metallzaun mit einer Oberkante aus abweisenden Zacken. Dahinter stehen zwei große, ebenfalls metallene Skulpturen im hohen Gras. Die Wörter sind aus diesem rostig angelaufenen Stahl gebaut, aus dem oft Kunst im öffentlichen Raum gemacht wird. Die Buchstaben sind so flach, dass die zwei sich ergebenden Wörter – *Here* und *There* – beinahe zweidimensional aussehen, als wären sie geschrieben, von einem Blatt genommen und in die Welt gestellt worden.

Tiff klickt sich frustriert weiter durch Oakland, in keiner der Straßen findet sie das Rolltor von Mr. Beard. Das Gebiet ist viel zu groß, um allein auf den richtigen Ort zu stoßen. Vielleicht war der *Oakland*-Aufkleber auch nur zufällig am Tor befestigt? Für einen Moment denkt sie, dass es am meisten Sinn ergeben würde, einen Autob zu starten, Heerscharen von Klickworkern auf die Aufgabe anzusetzen, massenweise Menschen durch die Street-View-Ansicht wandern zu lassen, auf der Suche nach einem Ort, der von nur wenigen Bildern bekannt ist. Mit ausreichend Geld würden ihr so viele Dinge einfallen, die man von Automatons erledigen lassen könnte, aber es ist schon Mitte des Monats, und nun beginnen die endlosen Tage, an denen das Konto bedrohlich leer wird.

Sie schließt den Browsertab mit der Kartenübersicht und schaut kurz ins Forum, aber es gibt keine Neuigkeiten. Die Suche nach Mr. Beard kostet zu viel Zeit, in der sie Autobs erledigen könnte. Frustriert schaut sie auf den Stapel mit Briefen und Anträgen neben ihrer Tastatur. Formalitäten, um die sie sich auch noch kümmern muss, genauso wie um eine Ladung Geschirr, die in der Küche auf sie wartet. Ihre Waschmaschine rotiert im Nebenraum so stark, dass der Boden vibriert. Vielleicht ist das Gegengewicht der Maschine mittlerweile tatsächlich so kaputt, dass das alte Ding demnächst nicht mehr starten oder zu sehr in Schwingung geraten wird. Dann muss ein neues Gerät her, ohne dass sie das Geld dafür hätte.

Es ist einfach keine Zeit für eine Suche nach einem fremden Mann und seinem Hund. Aufgeben will Tiff jedoch auch nicht, deshalb öffnet sie kurz entschlossen ihren Posteingang auf der *Automa*-Plattform und beginnt, eine Nachricht an die Kontaktadresse von *Extra-Eye* zu schreiben. Sie überlegt, wie sie die Frage am besten formulieren könnte, um herauszufinden, ob es möglich ist, konkrete Ortsdaten einer Kundenfirma zu erhalten. Noch will sie die Aufmerksamkeit der *Extra-*

Eye-Leute nicht auf Mr. Beard und das Tor richten, aber vielleicht lässt sich austesten, ob es generell möglich ist, eine Antwort zu bekommen:

Sehr geehrtes Team von ExtraEye,
ich arbeite mit an dem Video-Screening-Auftrag, der von Ihrer Firma vor einigen Wochen vergeben wurde. Seit einer Weile analysiere ich regelmäßig Aufnahmen verschiedener Überwachungskameras. Normalerweise trage ich sämtliche Beobachtungen in das Online-Formular ein, und bis jetzt hat es von ExtraEye auch keinerlei Kritik an meiner Arbeit gegeben. In einigen dieser Videos habe ich einen Umschlagplatz an einem Hafen beobachtet, und als großer Fan der Transportlogistik und von Containerschiffen habe ich mich gefragt, zu welchem Hafen dieser Platz gehört. Könnte ich eine Auskunft dazu bekommen? Es würde mich sehr freuen.
Viele Grüße
Tiffany Ritter

CHAT 9

TiffCat: Ich habe eine E-Mail an *ExtraEye* geschickt. *21:07*

Nik78: Echt? Was hast du geschrieben? *21:19*

TiffCat: Ich wollte herausfinden, ob sie uns überhaupt antworten. Natürlich hab ich nicht nach Mr. Beard gefragt, sondern nach dem Containerumschlagplatz. *21:26*

Nik78: Bestimmt ignorieren sie die E-Mail einfach. *21:29*

TiffCat: Denke ich auch. *21:30*

Stariseria: Ich hab heute eine Nachricht von *ExtraEye* bekommen. Sie haben eine neue Auftragsvariante, bei der wir die Zeiträume festhalten sollen, in denen Menschen wirklich vor dem Computer sitzen.

Vermutlich sind das stichprobenartige Kontrollen von Leuten im Homeoffice. *23:45*

TiffCat: Krass *23:51*

Nik78: *23:52*

Stariseria: Absolut, ist ziemlich heftig. *23:53*

Nik78: Müssen die Leute sich selbst mit der eingebauten Kamera aufzeichnen, und das wird dann ausgewertet? *23:54*

Stariseria: Ja, bestimmt irgend so was. Hab aber noch keine Aufnahmen gesehen. *23:56*

TiffCat: Live wär noch krasser. *23:57*

Stariseria: Live würde ich mich beim Überwachen auch richtig unwohl fühlen. *23:57*

Nik78: Macht sicher keinen Spaß, wenn beim Arbeiten die ganze Zeit die Kamera an ist und man nie weiß, ob und wann man beobachtet wird. *00:01*

TiffCat: Ist das denn überhaupt legal? *00:02*

Nik78: Kommt vermutlich drauf an, wo man arbeitet. *00:02*

TiffCat: Mein Computer wäre für Arbeit mit eingeschalteter Kamera gar nicht geeignet, der würde sofort überhitzen. *00:03*

Stariseria: Das sind sicher Leute mit besseren Löhnen und guten Geräten, wenn deren Arbeitgeber bereit sind, dafür zu bezahlen, dass die zu Hause überwacht werden. *00:05*

Nik78: Stell dir vor, du musst bald fremde Menschen aus nächster Nähe beobachten, ihnen beim Denken zusehen. Vielleicht popeln sie die ganze Zeit in der Nase. *00:08*

Stariseria: Ich glaube, mir macht das wenig aus.
Für Tiff wär das sicher schwieriger, sie hat ja auch zu Mr. Beard eine Beziehung aufgebaut, obwohl der noch ein ganzes Stück weiter von der Kamera entfernt war. *00:09*

TiffCat: Ich glaube, noch näher dran wäre mir wirklich zu unangenehm. *00:09*

Nik78: Stellt euch vor, jemand verliebt sich beim Überwachen in die beobachtete Person. *00:10*

Stariseria: Klingt nach RomCom! Ich glaub, das wird in der Realität keine interessante Situation, fühlt sich doch eher voyeuristisch an. Deswegen bezahlen die auch etwas besser dafür. *00:10*

Nik78: Gilt für dich dann eine noch strengere Geheimhaltungsvereinbarung? *00:12*

TiffCat: Mit Sicherheit, sonst könnte man ja Screenshots machen und versuchen, die Leute mit der Bildersuche zu finden. *00:12*

Stariseria: Habt ihr die Anfrage denn wirklich nicht bekommen? *00:13*

TiffCat: Nein *00:13*

Nik78: Ich hab noch nicht geschaut. War ein eher langsamer Tag bei mir. *00:14*

TiffCat: Und ich habe denen gerade die Frage wegen der Überwachungsvideos gestellt, vielleicht blocken die mich jetzt. *00:14*

Stariseria: Erst mal abwarten, würde ich sagen. *00:15*

Nik78: Ich seh grad, dass ich die Anfrage auch bekommen hab, Stari. *00:21*

TiffCat: Dann bin ich gespannt, ob bei mir noch was kommt oder ob ich jetzt geflagged bin. Würde heißen, dass man bei *ExtraEye* besser nichts nachfragt. *00:24*

Nik78: Hoffe, die kicken dich nicht raus. *00:24*

TiffCat: Das wäre ziemlicher Mist. *00:25*

Nik78: Vermutlich werden die nur dafür sorgen, dass du keine Container-Videos mehr siehst. *00:25*

Panthera leo

Tiff backt einen Marmorkuchen für das Sommerfestbuffet. Leon wollte unbedingt diese spezielle Backmischung haben, deren Färbung durch Lebensmittelfarbe so extrem ist, dass eigentlich nur Kinder das Ergebnis wirklich gut finden können. Die Fertigmischung war jedoch viel teurer als die Zutaten für einen einfachen Kuchen, und sie wollte nicht noch extra Geld für Lebensmittelfarben ausgeben, sodass sie nun einen Marmorkuchen backt und den hellen Teig mit einem Rest Blau einfärbt, den sie noch in der Backschublade hatte. Tiff hat mal gelesen, dass blaue Lebensmittel und blaue Teller auf Menschen abstoßend wirken sollen, vielleicht ist dieser Impuls bei Kindern noch weniger stark ausgeprägt, oder sie sind grundsätzlich offener auch für Nahrung in Farbmustern, die in der Natur so nicht vorkommen.

Während der Kuchen im Backofen ist, putzt sie Leon die Zähne. Heute sind sie ziemlich spät dran. In einer Stunde wird Monika kommen, um sie zum Sommerfest zu begleiten. Leon war den ganzen Vormittag so aufgeregt, dass sie schon vor Beginn des Sommerfests von seiner Lautstärke völlig erschöpft ist. Während er auf dem Sofa sitzt und mit ihrem Handy Kindervideos schaut, loggt sie sich schnell bei *Automa* ein. Es sind keine Nachrichten für sie eingegangen. Seit ihrer Anfrage bei *ExtraEye* hat sie keine Videos vom Umschlagplatz mit den Schiffscontainern mehr bekommen. Vielleicht ist das Zufall, aber man hat sie auch nicht für diesen neuen Auftrag angefragt, von dem Stari berichtet hat, und das beunruhigt sie leicht. Sie kann es sich nicht leisten, diesen Auftraggeber zu verlieren. Es klingelt. Sie hört Leon die Wohnungstür öffnen und Monika begrüßen, also schließt sie den Browser.

Gemeinsam gehen sie zum Kindergarten, dessen Zaun mit Ballons und Wimpelketten in bunt angeordneten Primärfarben dekoriert ist. Die Unterhaltung mit Monika ist für Tiff die passende Ablenkung, sodass sie bei der Ankunft noch einigermaßen ruhig ist. Im letzten Jahr hatte sich noch in der Wohnung eine Panikattacke angekündigt. Und dann hatte sie im Treppenhaus gestanden, Leon an der Hand, und war plötzlich nicht mehr in der Lage gewesen, sich zu bewegen. In dem Moment war Monika aus ihrer Wohnung getreten, hatte die Situation intuitiv erkannt und war kurzerhand eingesprungen, sodass Leon das Fest nicht verpassen musste. Bis zu seiner Rückkehr hatte Tiff weinend auf dem Sofa gelegen. Die Schuldgefühle und Versagensängste, die tiefe Überzeugung, ihren Aufgaben als Mutter nicht gewachsen zu sein, waren nicht erst mit der

Belastungsstörung gekommen, aber sie hatten sich dadurch verschärft. Monika hatte den Jungen nach zwei Stunden Sommerfest erschöpft und zufrieden wieder abgeliefert. Sie fragte wenig und forderte keine Erklärungen, erzwang kein Gespräch, wofür Tiff ihr unendlich dankbar war.

Im Hof des Kindergartens sitzt sie neben ihrer Nachbarin auf einer Holzbank, während Leon als Löwe geschminkt wird. Beim Betreten der Einrichtung haben sie alle einen geflochtenen Ring aus buntem Krepppapier auf den Kopf gesetzt bekommen, dessen flatterndes Ende den Rücken herabhängt. Es ist sehr laut, so viele Menschen, die miteinander reden, dazwischen weinende und lachende Kinder und der Lärm von den Spielstationen. Tiff beobachtet, wie ihr Sohn sich langsam in einen Löwen verwandelt, und atmet ein und aus. Es ist die letzte Aktivität, die Leon machen möchte, bevor sie nach Hause gehen können. Sie hat bereits neben dem Stand für das Dosenwerfen, dem Angelspielplanschbecken und einem Laufparcours gestanden und gewartet, während er mit einem Freund die Attraktionen ausprobierte. Die übrigen Eltern sitzen in Grüppchen beieinander, aber Tiff will sich nicht dazugesellen, weil sie noch immer befürchtet, die Kontrolle zu verlieren. Monika sagt hin und wieder etwas und bleibt ansonsten die meiste Zeit schweigend an ihrer Seite.

Auf dem Nachhauseweg hält Leon sie beide an den Händen, und sie lassen ihn immer wieder nach vorne durch die Luft fliegen, bis Monika sagt, dass ihr Rücken das nicht länger mitmache und es sowieso nicht gut sei, das Glück so herauszufordern, denn das Spiel mit den fliegenden Engeln sei doch ein ziemliches Risiko für die kindlichen Gelenke. Im Treppenhaus verabschieden sie sich voneinander, und Tiff drückt ihrer Nachbarin die Hand besonders fest, während die alte Dame sie anlächelt.

Leon will mit geschminktem Gesicht ins Bett. Sie hat keine Kraft mehr, seinen Kissenbezug vor der Schminke zu retten, und lässt ihn als Löwe schlafen. Als sie sich das stressverschwitzte T-Shirt auszieht, sieht sie im Badezimmerspiegel, dass sie noch immer den Kranz auf dem Kopf trägt und ihr Schweiß die Farbe aus dem Krepppapier herausgewaschen hat. Jetzt ist ihre Haut mit einem lila-blauen Streifen eingefärbt. Mit den Händen kommt sie nur schlecht an die betroffenen Stellen, um sie einzuseifen. Zumindest aber schafft sie es, die Farbe im Nacken wegzureiben. Der Rest ihres Rückens ähnelt auch nach dem Duschen einem großen Hämatom, und sie ist froh, sich ein frisches T-Shirt überziehen zu können.

Sula nebouxii

Tiffs Haare sind noch feucht, als sie den Computer startet. Überrascht registriert sie eine Nachricht von den Administratoren des Automaton-Forums. In geschäftlich-lapidarem Ton heißt es, dass man ihre Frage nach den Erfahrungen der anderen mit Geheimhaltungserklärungen entfernt habe, da Gespräche über Rechtsthemen nicht den Forumsregeln entsprächen und deshalb unzulässig seien. Sie informiert Stari und Nik über diese neue Entwicklung und kontrolliert kurz, welche Art Überwachungsaufnahmen ihr diesmal zugeteilt wurden. Wieder ist nichts mit dem Containerhafen dabei, dafür sieht sie einen ereignislosen Flur und einen Clip mit Mr. Cap, der wie üblich Kartons checkt. Gerade schaut er gebückt in eine Box im untersten Regalfach, als es an ihrer Wohnungstür klopft.

Mikael steht davor.

Ich habe dir Kex mitgebracht, sagt er und reicht ihr drei der gelben Schokoriegel, die es nur in Schweden gibt.

Sie nimmt sein Geschenk und umarmt ihn.

Eigentlich wollte ich dir nur kurz Bescheid geben, dass ich wieder da bin, und dich fragen, ob du morgen zum Frühstück vorbeischauen möchtest.

Das klingt super, ich komme, sobald ich Leon im Kindergarten abgegeben habe.

Dann könntest du gleich Brötchen mitbringen, sagt er und sieht sie erwartungsvoll an.

Tiff weiß, dass Mikael immer mal wieder versucht, ihr kleine Aufgaben zu stellen, damit sie sich mehr zutraut. Meistens nervt sie das, aber heute freut sie sich zu sehr, ihn wiederzusehen.

Versuchst du, mich mit meiner Angst zu konfrontieren?, fragt sie und runzelt die Stirn.

Mikael lacht, und sie bittet ihn, ihr noch ein bisschen Gesellschaft zu leisten.

Sie sitzen auf dem Sofa und trinken Sprudelwasser mit Eiswürfeln.

Irgendwie faszinierend, dass ein Getränk gleich besser schmeckt, sobald Eiswürfel im Spiel sind, oder?, sagt Tiff und schwenkt das Senfglas in der Hand, als wäre es ein Longdrinkkelch. Wie war es in Schweden? Bist du mit der Renovierung vorangekommen?

Ja, langsam sind alle Spuren von Robert entfernt. Aber es fühlt sich immer noch an, als würde ich meine Gefühle bloß übertapezieren.

Hat er denn endlich die letzten Kisten abgeholt?

Die stehen noch immer auf dem Speicher, aber ich habe seine Mutter angerufen, sie wird sein Zeug für mich aufbewahren. Ich bringe es ihr vorbei, wenn ich zurück bin.

Als sie Mikael kennengelernt hat, war die Trennung von seinem Mann noch frisch. Die beiden waren eine Dekade miteinander glücklich gewesen, aber die ständigen Reisen, die Mikael für seinen Job unternahm, hatten ihre Beziehung ausgehöhlt. Von einem Tag auf den anderen hatte Robert sich nicht nur getrennt, sondern war auch kurz darauf schon bei einem anderen Mann eingezogen. Das Verhältnis der beiden ist seitdem äußerst angespannt. Tiff hat Robert zwar nie kennengelernt, aber sie kann auch jetzt noch fühlen, welche Lücke sein Abschied in Mikaels Leben gerissen hat. Vielleicht war er deshalb auch so offen für sie und Leon, offen für Bindungen, die eine andere Art der Zuneigung erfordern.

Gemeinsam schauen sie das Video zu Ende. Der Ventilator verwirbelt die abgestandene, heiße Luft im Raum.

Mikael steht schon fast in der Tür und will sich gerade wieder nach oben verabschieden, als Tiff ihm noch schnell von Mr. Beard und den Sicherheitsleuten, von ihrer Frage im Forum und dem *Oakland*-Aufkleber erzählt. Als er von der Löschaufforderung der Betreiber hört, will er ganz direkt von ihr wissen, ob es den Aufwand und das Risiko wirklich wert sei. Sie nickt und sieht dabei sein skeptisches Gesicht.

Vielleicht solltest du mal im Forum nachsehen, ob es ältere Beiträge gibt, die sich auf *ExtraEye* beziehen lassen, rät er ihr und geht.

Sobald sie seine Schritte über ihrem Kopf vernehmen kann, befolgt sie den Rat und sucht nach einem

Beitrag, der sich auf die Überwachungsaufträge beziehen lassen könnte. Aber die Begriffe *Video* oder *Auswertung* kommen viel zu häufig vor, sodass sie die Hoffnung rasch aufgibt, auf irgendetwas Relevantes zu stoßen. Sie überlegt, was die Jobs für *ExtraEye* von den anderen Autobs mit Filmclips unterscheiden könnte. Vor allem fällt ihr auf, dass sämtliche *ExtraEye*-Aufnahmen immer direkt in das Portal eingebettet sind und dass es immer wieder zu Schwierigkeiten beim Streaming kommt, weil vermutlich zu viele Automatons den Job zeitgleich ausführten. Also sucht sie nach *Buffering* und stößt tatsächlich auf einen Post, in dem eine *Antilligator* ihre Probleme mit dieser Art Autob schildert, weil das Abspielen der eingebetteten Aufnahmen so oft stocken würde. Auf diesen Post hat es zwei Rückmeldungen gegeben. Die erste kommt von einem User, dessen Avatar-Bild einen komischen Vogel mit blauen Füßen zeigt und der empfiehlt, einen besseren Internetvertrag abzuschließen. Der zweite User mit Namen *Stonemask* berichtet vom selben Problem. Tiff schreibt ihm und Antilligator jeweils eine nicht öffentliche Nachricht und fragt, ob sie sich womöglich auf Autobs von *ExtraEye* beziehen würden. Stonemask antwortet sofort und erklärt, dass er wegen der anhaltenden Technikprobleme die Aufträge von *ExtraEye* gecancelt habe. Videos mit einem Hund habe er vorher allerdings nie dabeigehabt. Von Antilligator hört sie nichts.

CHAT 10

TiffCat: Seit meiner E-Mail an *ExtraEye* habe ich tatsächlich kein einziges Container-Video mehr bekommen. 😬 *23:04*

Nik78: Ich hatte gestern eins. Dafür aber kein Rolltor. *23:08*

Stariseria: Und ich hab vorhin die neue Geheimhaltungsvereinbarung unterschrieben. *23:09*

TiffCat: Bei mir ist noch keine Anfrage angekommen, vermutlich stehe ich echt auf einer Roten Liste. *23:11*

Nik78: Und es kann keinen anderen Grund geben? *23:11*

Stariseria: Hast du alles immer rechtzeitig erledigt? *23:12*

TiffCat: Na klar, und auch keine großen Sachen übersehen, denke ich. Gestern habe ich übrigens noch zwei User im Forum angeschrieben, die was gepostet hatten, das nach *ExtraEye* klang. *23:12*

Stariseria: Und? *23:13*

TiffCat: Von einem habe ich Antwort: niemals Mr. Beard oder den Hund gesehen. Beim anderen warte ich, ob noch was kommt. Ich schau jetzt mein erstes Video für heute (wieder Mr. Cap, hab den irgendwie ständig) und melde mich später noch mal. *23:14*

Nik78: Kann sein, dass ich später nicht mehr da bin. Hab heute ein Date. *23:21*

Stariseria: Nik, what??? *23:22*

TiffCat: 😮 *23:24*

Nik78: Weiß auch nicht, meine Schwester hat das organisiert. Mal schauen. Eigentlich hab ich schon direkt keine Lust. *23:24*

Stariseria: Erzähl uns unbedingt, wie es war. *23:25*

TiffCat: ! *23:25*

TiffCat: Wenn ich noch weiter zuschauen muss, wie Mr. Cap in Kartons schaut, werde ich wahnsinnig. *00:12*

Stariseria: Mein Beileid. Ich bin immer nur froh, wenn es nicht diese superfaden Flure sind. *00:15*

TiffCat: Ich chatte gerade mit Antilligator, und sie sagt, dass sie auch für *ExtraEye* arbeitet. *00:35*

Stariseria: Oha. Hoffentlich hat sie einen Hinweis. *00:37*

TiffCat: Okay, Leute, Folgendes: Antilligator hatte auch Aufnahmen mit Mr. Beard und dem Hund. Sie hat einen richtig niedlichen Screenshot von einer seiner Lese-Sessions gemacht, in dem die beiden gemeinsam ins Buch schauen. Das war ihr als besonders nett aufgefallen, und auch sie hat erfolglos versucht, herauszufinden, was er liest. Ansonsten sind ihre Videos wohl wie unsere, vor allem langweilig. Warte, ich copy & paste mal, was sie mir geschrieben hat, als ich sie fragte, ob ihr in den Videos mit dem Hund was aufgefallen ist und ob sie die Sicherheitsleute gesehen hat. Hier ihre Antwort:
Sicherheitsleute habe ich nur zwei Mal gesehen. Einmal haben sie zu zweit den Mann weggeschickt. Das sah ziemlich unfreundlich aus. Beim zweiten Mal waren Mann & Hund nicht da. Es wurde Pizza geliefert, und ein Typ in Uniform hat sie angenommen. Ich erinnere mich noch an das Auto, mit dem das Essen geliefert wurde. Es war ein junger Mann, viel mehr konnte ich nicht erkennen, und das Auto war weiß, auf der Seite stand Rodeo Pizza. *Ich erinnere mich so gut,*

weil das Logo einen reitenden Cowboy zeigte, der auf einer Hand einen Pizzakarton balancierte. Mehr ist mir nicht aufgefallen, außer dass Mr. Beard zuletzt nicht mehr aufgetaucht ist. *00:50*

Stariseria: Hast du das schon gegoogelt? *00:54*

TiffCat: Gerade dabei. Ist eine Kette. *00:56*

Stariseria: Sehe ich jetzt auch. Okay, aber die hat nur 5 Filialen, wenn die Info der Website stimmt. *00:58*

TiffCat: Und alle in Kalifornien, also war Oakland schon mal ein guter Hinweis. *00:59*

Stariseria: Bis auf eine sind alle anderen im Norden von Kalifornien, das macht es einfacher. *01:01*

TiffCat: Was meinst du genau? *01:01*

Stariseria: Die Filialen sind nicht in den großen Städten, das bedeutet, wir haben schon mal die Möglichkeiten reduziert. Wir könnten zum Beispiel schauen, was es für Tierheime im Umkreis gibt, und da einfach anrufen, ob die den Hund gefunden haben. *01:02*

TiffCat: Stimmt, was könnten wir noch auflisten? *01:03*

Stariseria: Wir sollten nicht nur nach Tierheimen forschen, sondern auch schauen, wie die Gemeinden mit Straßenhunden umgehen, vielleicht werden die nach einer Weile eingeschläfert oder so. *1:04*

TiffCat: 😦 *1:04*

Stariseria: Und wir könnten nach Orten für Obdachlose recherchieren. *1:05*

TiffCat: Sollen wir die Polizei der Gemeinden kontaktieren, in denen die Pizzafilialen sind? *1:05*

Nik78: Nur kurz von mir (bin schon unterwegs):
1. super mit dem Hinweis, 2. auf keinen Fall Polizei, damit brechen wir ganz sicher die Geheimhaltungsvorschrift! *1:06*

Stariseria: Stimmt, und ich kann es mir definitiv nicht leisten, diesen Job zu verlieren. Muss bis zu meinem Prozess durchhalten. *1:08*

TiffCat: Geht mir auch so. Wollte bloß wissen, was ihr davon haltet. Aber dann lassen wir das. *1:09*

Stariseria: Wenn ich später noch Zeit habe, mache ich eine Liste mit Einrichtungen, bei denen wir anrufen oder an die wir E-Mails schreiben könnten. *1:10*

TiffCat: Ich fange direkt mit dem Kontaktieren an. *1:10*

Stariseria: Hast du Antilligator eingeweiht? *1:11*

TiffCat: Ja, nicht super-detailliert, aber zumindest so, dass sie weiß, weshalb ich nach Informationen über Mr. Beard suche. Sie will, dass wir sie auf dem Laufenden halten. *1:12*

Cucullia umbratica

Es donnert, und Tiff steht am offenen Fenster. Die Dämmerung wird von Blitzen geteilt, starker Regen prasselt in den Hinterhof. An ihrer Fensterscheibe unter dem Überhang der Hausmauer suchen zwei Nachtfalter Schutz vor den Wassermassen. Sie schaut hinunter zu ihren Petunien im Autoreifen, die sie im Halbdunkel nur unscharf erkennen kann. Im Reifenring steht das Wasser, und wenn es blitzt, der Hinterhof kurzzeitig taghell wird, spiegelt sich das Licht in der Pfütze, in der Blütenblätter schwimmen. Wenn es nicht bald zu regnen aufhört, werden die Kellerabteile unter beiden Hausteilen volllaufen. Vielleicht verschwinden so endlich die Ratten, die Tiff im hinteren Teil immer rascheln hörte, sodass sie irgendwann beschloss, ihren Verschlag nicht mehr zu betreten.

Als der Donner losging, hat sie nach Leon geschaut und das Fenster neben seinem Bett geschlossen. Er schläft so tief, dass selbst das Knallen der Blitze, dem sofortiges Donnergrollen folgt, ihn nicht aus dem Schlaf reißen kann. Früher hatte sie immer Angst, wenn ihre Fenster bei Gewitter geöffnet waren, aber wenn es so heiß ist wie heute, genießt sie die kühle Luft, die mit dem Unwetter einhergeht. Es ist sehr unwahrscheinlich, dass der Blitz direkt durch ihr offenes Fenster einschlägt, und da es genug andere Dinge gibt, die ihre Panikattacken auslösen, fühlt es sich richtig gut an, zumindest das Gewitter genießen zu können.

In der Ferne hört sie Sirenen, vermutlich muss sich die Feuerwehr um die Sicherung heruntergefallener Äste oder entwurzelter Bäume kümmern und Keller leer pumpen. Tiff stellt das Fenster auf Kipp, holt ein Glas Wasser aus der Küche und setzt sich an ihren Computer.

Stari hat eine Liste mit den Adressen mehrerer Suppenküchen und Übernachtungseinrichtungen für Obdachlose erstellt und will sich um die Tierheime kümmern, von denen sie auch einige auf ihrer Liste hat. Nik hat sie darauf hingewiesen, dass sie über manche Online-Anbieter umsonst auf Festnetzleitungen in den USA anrufen können, damit die Anrufe sie nicht ruinieren. Tiff trägt ihr Headset, dessen rechter Kopfhörer nicht mehr funktioniert. Das Telefonieren mit dem halb defekten Ding fühlt sich an wie früher, als die Stimme aus der Ferne nur in ein Ohr drang und die Telefonierenden noch nicht mit dem vollen Klang umschloss. Es ist auffällig, wie viele der Suppenküchen eine Kirchengemeinde als Telefonkontakt angegeben haben. Tiff fragt sich manchmal, ob alles nicht einfacher wäre, wenn sie sich in einen übergeordneten Zusammenhang einfügen könnte, eine Gemeinde oder Partei. Aber dann denkt sie, dass sie nicht weiß, wie sie überhaupt an solchen Treffen teilnehmen sollte, zumal Leon noch so klein ist. Außerdem kommt es ihr unehrlich vor, sich einer Glaubensgemeinschaft anzuschließen, bloß weil sie deren Solidarität in Anspruch nehmen möchte. Immerhin hat sie Mikael und Monika im Haus und all die anderen Automatons über den Computer.

Sie klickt auf ein neues *ExtraEye*-Video, wieder ein Flur. Mit einem Auge überwacht sie den geteilten Bildschirm, während sie die Telefonfunktion aktiviert. Unter der ersten Nummer antwortet niemand. Es ist um die Mittagszeit in Kalifornien, vielleicht wird es wegen der Zeitverschiebung schwierig werden, die richtigen Leute zu erwischen. Sie schreibt stattdessen eine E-Mail und fragt, ob in der Suppenküche hin und wieder ein bärtiger Mann mit seinem Hund gesehen worden sei. Kurz bevor sie die Nachricht losschickt, fügt sie noch eine Beschreibung des Tieres ein, da bärtige Obdachlose mit Hund sicher nicht besonders selten sind. Dann nimmt sie sich die nächste Nummer vor. Eine freundliche, junge Frauenstimme erklärt ihr, dass die Nachfrage für ihre wöchentlichen Angebote so groß sei, dass sie sich kaum an Einzelpersonen erinnern könne. Aber sie werde ganz bestimmt auch in ihrem Team nachfragen. Tiff bietet an, ein Bild des Mannes zu schicken, und notiert sich die Mail-Adresse der Frau.

Mit dem Verschicken des Screenshots bricht sie eindeutig die Geheimhaltungsvereinbarung, aber sie versucht, den Bildausschnitt so zu wählen, dass nur das grobkörnig aufgelöste Gesicht von Mr. Beard zu erkennen ist, Pixel in verschiedenen Graustufen. Den Hund lässt sie raus aus Sorge, dass ein Bild des vorlesenden Mannes für zu große Aufmerksamkeit sorgen könnte, wenn es weitergereicht würde. Die Frau hat Tiff nicht mal gefragt, weshalb sie nach Mr. Beard sucht, dabei hat sie eine glaubwürdige Geschichte parat: ein entfernter Onkel, den sie in einer Familienangelegenheit kontaktieren müsse. Es schien der Frau gar nicht in den Sinn zu kommen, dass es auch üble Motive geben könnte, sich nach so einem älteren Mann zu erkundigen.

Tiff legt eine kurze Pause ein, um sich einen Zitronentee aufzugießen. Wenn sie sich überlegt, was sie sich als Erstes kaufen würde mit etwas mehr Geld, fallen ihr teure Snacks ein. Wie gern hätte sie eine große Schachtel Pralinen ganz für sich allein. Sie würde die verschiedenen Sorten in der Packung studieren, bevor sie die erste auswählte. Warum die einzelnen Pralinen fast immer nur auf der Packungsunterseite beschrieben sind, sodass man den Karton anheben muss, um zu sehen, was man da vor sich hat, einen Mandel-Nugat-Würfel oder ein Ananas-Marzipan-Herz, hat sie nie verstanden. Da ihr Geld für besondere Drinks und Snacks aber nur selten reicht, kauft sie Instant-Zitronentee, dessen braune Pulverklümpchen in der großen Plastikpackung sie an die Einstreu für Nagetiere erinnern. Der Tee ist süß. Manchmal kostet Leon einen Löffel davon pur. Es ist so konzentriert, dass er sein Gesicht zu einer Grimasse verzieht, und trotzdem bettelt er immer wieder darum. Sie selbst nimmt nur wenig von dem Pulver, aufgelöst in einem großen Glas mit eiskaltem Wasser.

Dann ist sie zurück am Computer. Der Flur im Überwachungsvideo liegt noch immer still da, als eine E-Mail in ihrem Postfach aufblinkt. Sie ist von *ExtraEye*, Tiffs Herz beginnt zu klopfen. Sie öffnet die Nachricht. In einem kurzen, an sie persönlich gerichteten Schreiben wird sie daran erinnert, dass sie sich zur Verschwiegenheit verpflichtet hat und keinerlei Informationen aus ihrem *Automa*-Job mit externen Personen teilen darf.

Sie fühlt ihr Herz rasen und fragt sich, ob das eine Panikattacke ist. Wenn sie es nicht besser wüsste, würde sie glauben, dass *ExtraEye* mitbekommen haben muss, wie sie kurz zuvor den Screenshot aus dem Video verschickt hat. Aber das kann nicht sein. Wie sollten die davon erfahren haben, dass sie auf der Suche nach dem Mann aus dem Video ist?

Tiff versucht, ganz ruhig ein- und auszuatmen, und reibt über ihre Schläfen. Ruhe. Nun gilt es, Ruhe zu bewahren, sich bloß nicht verunsichern zu lassen. Plötzlich ist da dieses flaue Gefühl im Magen, als würde eine unsichtbare Kraft ihre Organe gegen die Wirbelsäule pressen. Sie füllt den Mund mit Zitronentee und zwingt sich zu winzigen Schlucken. Ablenkung ist eine große Kunst, die sie langsam immer besser beherrscht. Als sie das Glas ausgetrunken hat, fühlt sie sich ruhiger. Sie ist besorgt, aber vermutlich ist das Schreiben nur eine Formalität nach der Frage zum Container-Video.

Auf ihrer Liste stehen noch sechs unbearbeitete Nummern. Sie wird nicht aufhören mit ihren Nachforschungen, auch wenn das Schreiben sie erschreckt hat. Wenn sie mit der Liste durch ist, wird sie Stari fragen, was bei den Tierheimen herausgekommen ist.

Als Nächstes ruft Tiff bei einer Einrichtung an, die sich *Harvest Hope Kitchen* nennt. Das Telefon klingelt nur kurz, bis eine Frau abnimmt, deren Stimme so kratzig klingt, als hätte sie gerade geraucht.

Druckholz

Stella sucht nach einer Magentablette. Seit dem Telefonat am Vormittag ist sie so nervös, dass sie viel zu viel Kaffee getrunken hat. Jetzt rast nicht nur ihr Herz, sondern auch ihr Magen ist völlig übersäuert. Der Inhalt ihrer halben Medizinschublade liegt auf dem Badezimmerboden verteilt, sie hat schon länger keine Tabletten gegen Sodbrennen mehr nehmen müssen. Die übrigen Medikamente sind deshalb im Fach nach vorne gerückt. Sie hockt zwischen den verstreuten Schachteln und leert die Schublade weiter aus. Die Flasche mit dem Mückenschutz stammt dem Design nach noch aus den frühen 1990er-Jahren. Der Deckel mit der Sprühvorrichtung ist verklebt, und Stella erinnert sich nicht, wann sie das letzte Mal über einen Schutz gegen Mücken nachdenken musste. Ganz unten in der Schublade findet sie auch Medikamentenpackungen von Dylan. Die Erinnerungen an die gestapelten Schachteln, an die mit Tabletten gefüllten Schubkästchen mit den Einzelfächern für die Wochentage, an die vielen Pillenstreifen, die sie später in den Müll geworfen hat, sind überwältigend. Sie setzt sich auf die kalten Fliesen und versucht, sich darauf zu fokussieren, wie die Kälte durch den Stoff der Hose in ihren Körper kriecht. Doch ihr Magen schmerzt, und sie hat jetzt keine Zeit für Tränen. Schließlich findet sie doch einen halben Streifen mit Kautabletten gegen Sodbrennen und nimmt gleich zwei davon.

Sie war gerade mit ihrer Mittagspause fertig, hatte den Joint wie immer aufgeraucht und den Rest entsorgt, als sie das Telefonklingeln hörte. Um diese Zeit rufen eigentlich nur die freiwilligen Helfer an, die sich aus irgendwelchen Gründen für die abendliche Schicht abmelden wollen. Dann ist es Stellas Aufgabe, in der Suppenküchen-Chatgruppe nachzufragen, ob jemand anderes den Einsatz übernehmen kann. Die Mitarbeiter der Suppenküche sollen nicht mehr selbst mit dem Arbeitsplan hantieren, eigene Schichtwechsel vornehmen, weil es zu oft vorgekommen ist, dass sich niemand mehr verantwortlich fühlte und zu wenig Freiwillige erschienen.

Der Festnetzapparat ist an der Wand festgeschraubt, Stella freut sich immer, wenn er klingelt, weil sie sonst fast nur noch mit dem Handy telefoniert. Der Klingelton erinnert sie an früher. Als sie heute den Hörer abnahm, war eine junge Frau mit Akzent in der Leitung und fragte direkt und ohne weitere Erklärung, ob vielleicht hin und wieder ein Mann mit einem Hund in der Suppenküche auftauchen würde. Natürlich musste Stella sofort an James und Lincoln denken, aber zuerst wollte sie wissen, wer da mit ihr sprach. Nach kurzem

Zögern antwortete sie deshalb mit einer Gegenfrage nach dem Grund für diesen Anruf. Die Stimme stockte, als müsste die Frau sich überlegen, was sie antworten sollte, bis sie schließlich von einer Familienangelegenheit sprach. Stellas Misstrauen wurde größer, immerhin wusste sie, dass James schon vor ihrer gemeinsamen Zeit auf der Plantage keinerlei familiäre Bindung mehr gehabt hatte, auch wenn sie nie hatte herausfinden können, was der Grund dafür war, dass er so völlig anknüpfungslos durch die Welt ging. Während ihrer Gespräche in der Suppenküche hatte sie ihm von Dylan erzählt und dabei erfahren, dass er zwar ein paar Bekannte an verschiedenen Orten hatte, aber auch weiterhin keinerlei Kontakt zu näheren Angehörigen. Also gab sie der unbekannten Frau die Auskunft, dass niemand, den sie kenne, zu dieser Beschreibung passen würde.

Für einen Moment schwiegen sie beide, dann räusperte sich die Stimme und sagte, dass sie in Wahrheit einen anderen Grund habe, um nach dem Mann zu suchen. Die Frau erzählte von ihrem Job, dessen genaue Funktion Stella auch jetzt noch nicht versteht, aber sie war sich sofort sicher, dass die beschriebenen Aufnahmen des bärtigen, seinem Hund vorlesenden Mannes Aufnahmen von James und Lincoln sein mussten. Die Frau schlug vor, ein Bild an Stellas E-Mail-Adresse zu schicken, wenn diese ihr verspräche, dass sie es niemandem zeigen und direkt wieder löschen würde. Für einen Moment überlegte Stella, ob das ein Trickbetrug sein könnte, doch dann entschied sie für sich, dass das Weitergeben ihrer Mail-Adresse an eine Unbekannte in

Europa kein unkalkulierbar hohes Risiko wäre. Die Frau klang ängstlich, weswegen Stella ihrer Bitte folgte, als sie tatsächlich ein Bild in ihrem Posteingang fand: James und Lincoln vor einer Art Tor, er mit Buch in der Hand, Lincoln mit dem Kopf auf James' Schoß. Für einen Moment hatte sie gezögert. Das leicht unscharfe Bild war vielleicht die letzte Gelegenheit für sie, an ein Foto von ihrem alten Freund zu kommen, aber dann löschte sie es doch, hielt ihr Versprechen. Sie antwortete Tiff, so nannte sich die Absenderin, mit einer kurzen Mail, in der sie bestätigte, den Mann zu kennen, und um Rückruf bat.

Kurz darauf klingelte der Apparat erneut, und eine hörbar aufgeregte Tiff war in der Leitung. Sie erzählte, wie froh sie sei, endlich eine Spur zu haben. Sie nannte James nur Mr. Beard, und es schien ihr nicht leichtzufallen, zu seinem richtigen Namen zu wechseln, so als müsste sie dafür erst eine tief eingegrabene Information überschreiben. Tiff berichtete, dass James irgendwann einfach nicht mehr aufgetaucht sei und Lincoln später allein vor dem Tor gesessen habe. Der Hund sei verzweifelt gewesen, davon sei sie überzeugt, und sie trug diese Überzeugung mit einer solchen Vehemenz vor, dass Stella sofort reagierte und ihr die besondere Beziehung der beiden bestätigte.

Tiff hatte keine weiteren Informationen zum Ort des Rolltors und auch keine Ahnung vom Ablauf der Ereignisse. Sie sprach jedoch von einem Video mit unfreundlichen Sicherheitsleuten, und sie verdächtigte diese Männer, am Verschwinden von James schuld zu sein.

Stella wunderte sich zwar, warum diese fremde Frau einen ihr völlig unbekannten Mann so hartnäckig suchte, aber natürlich erklärte sie sich sofort bereit, sich in den umliegenden Krankenhäusern zu erkundigen. Alle weiteren Gedanken, die ihr dabei durch den Kopf jagten, sprach sie nicht mit aus. Tiff bot ihrerseits an, mit einer online vernetzten Gruppe von Freunden die örtlichen Tierheime abzutelefonieren, um Lincoln zu finden. Und schließlich hatten sie sich verabschiedet und beschlossen, über den Messenger weiter miteinander in Kontakt zu bleiben.

Nach diesem zweiten Telefonat hat Stella alle Lebensmittel für die spätere Zubereitung des Essens bereitgestellt und sich anschließend krankgemeldet. Es gelingt ihr nicht, den Gedanken zu verdrängen, dass James etwas zugestoßen sein könnte, und sie will die fälligen Anrufe so schnell wie möglich und lieber von zu Hause aus erledigen. Die anderen Freiwilligen sollen nicht mitbekommen, wie sehr sie sich um einen ihrer obdachlosen Gäste sorgt.

Die Magentabletten beginnen zu wirken, als sie das Telefon in die Hand nimmt, um das größte Krankenhaus der Region anzurufen. Sie weiß nicht, wo in all der vergangenen Zeit James' bevorzugte Übernachtungsorte waren, und ärgert sich, dass sie ihm nicht schon früher ihr Sofa angeboten hat.

Culex pipiens

Die Lüge von der Familienangelegenheit war keine gute Idee. Im Moment, da Tiff sie aussprach, kam ihr bereits der Gedanke, dass es ein Problem geben könnte, wenn Mr. Beard keinerlei Familie hätte. Vielleicht ist sie deshalb auch sofort mit der Wahrheit rausgerückt, als sie das Zögern am anderen Ende der Leitung bemerkte. Die Frau aus Oakland wollte sichergehen, dass niemand Unbefugtes Informationen über ihre Besucher sammelte. Nur zu verständlich. Und es war nicht schwer gewesen, die Wahrheit zu sagen, weil die Frau so perplex auf ihre Schilderungen der *Automa*-Arbeit reagiert hatte, dass sie sehr wahrscheinlich nicht mit anderen darüber reden würde. Außerdem hat Tiff darauf geachtet, den Namen ihres Auftraggebers nicht zu nennen, ein wichtiger Sicherheitsfaktor bei der Wahrung der Geheimhaltungsvereinbarung.

Mr. Beard heißt also James und der Hund Lincoln. Das Gefühl, gegen alle Wahrscheinlichkeit eine Bekannte dieses Mannes gefunden zu haben, erfüllt Tiff mit so viel Aufregung, dass an Schlaf überhaupt nicht mehr zu denken ist. Sie versucht, sich mit dem Gedanken zu konfrontieren, dass die Geschichte von James und Lincoln vielleicht auch kein gutes Ende nehmen könnte, dass dieser Etappensieg keinesfalls bedeutet, dass sie eine Hilfe war. Trotzdem ist ihr weiter leicht schwindlig vor Euphorie. Die Freude über den Erfolg verdrängt all ihre Sorge über das Schreiben von *ExtraEye*. Mr. Beard hat einen richtigen Namen bekommen, und vielleicht wird sie bald auch wissen, wie es ihm geht.

Es ist mittlerweile so spät, dass sie sich morgen früh über ihr nächtliches Aufbleiben ärgern wird. Immerhin ist Samstag und daher kein Kindergarten. Vielleicht wird sie Leon einfach vor den Fernseher setzen, sich hinter ihm zusammenrollen und auf der Couch weiterschlafen.

Draußen ist das Gewitter vorbeigezogen. Der Donner grollt noch in der Ferne, die Luft in der Wohnung ist angenehm kühl. An ihrem Ohr hört sie das Summen einer Mücke, die wahrscheinlich vor dem Regen in die Wohnung geflüchtet ist und nun hier bei der Schreibtischlichtinsel nach Beute sucht. Tiff wedelt mit der Hand vor ihrem Ohr und überlegt für einen Moment, ob es sich lohnt, auf Mückenjagd zu gehen. Stattdessen schließt sie das Fenster, damit nicht noch mehr Insekten hereinkommen, schaut kurz nach Leon, der sich weder vom Lärm da draußen noch von ihren Telefongesprächen hat wecken lassen, und öffnet dann den Chat, um Stari und Nik von ihrem Erfolg zu berichten – und von der Warnung durch *ExtraEye*.

CHAT 11

Stariseria: Hat sich Stella schon zurückgemeldet? *22:15*

Nik78: Hab ich mich auch gefragt. *22:18*

Stariseria: Tiff ist noch nicht im Chat gewesen. *22:19*

Nik78: Vielleicht war sie gestern noch so aufgeregt, dass sie nicht runterkommen konnte, und ist dann heute Abend vor Müdigkeit mit eingeschlafen, als sie Leon ins Bett gebracht hat. *22:19*

Stariseria: Oder sie hat doch noch Angst bekommen, wegen der Nachricht von *ExtraEye*. *22:20*

Nik78: Aber im Chat gestern wirkte sie doch ganz ruhig. Vermutlich ist es eh eine Routinenachricht. *22:20*

Stariseria: Dann hätten wir sie auch bekommen. 🤔 *22:20*

Nik78: Stimmt. Hoffentlich steigt sie jetzt nicht vor Angst aus. Gerade wo wir weitergekommen sind. *22:21*

Stariseria: Glaub ich nicht. Sie kommt bestimmt gleich. Ich bin so gespannt, ob Stella etwas bei den Krankenhäusern erreicht hat. *22:21*

Nik78: Ich auch! *22:21*

Stariseria: Ich finde es immer noch so unglaublich, dass Tiff mit einer Frau telefoniert hat, die Mr. Beard persönlich kennt. *22:22*

Nik78: Allerdings! *22:22*

Stariseria: Wir haben das noch gar nicht genug gefeiert. *22:23*

Nik78: 👍 *22:23*

Stariseria: Wenn sie in einer Stunde nicht im Chat ist, ruf ich mal bei ihr an. *22:23*

Nik78: Mach das. Und ich klingle gleich das nächste Tierheim von meiner Liste an, vielleicht hab ich ja diesmal Glück. Bis jetzt war das alles nämlich komplett erfolglos. *22:24*

Stariseria: Wenn er einen Chip oder eine Marke hätte, wär es sicher leichter. *22:25*

Nik78: Es ist auch gar nicht so einfach, Merkmale eines Hundes zu beschreiben, von dem man nur Kameraaufnahmen hat. Ich merk selbst, wie unpräzise ich dabei klinge. *22:26*

Stariseria: Werden die Leute eigentlich misstrauisch? *22:26*

Nik78: Wieso? *22:27*

Stariseria: Du könntest doch auch einfach einen Hund abgreifen wollen, der aussieht wie aus irgendeiner Serie oder einem Film. *22:28*

Nik78: Ach so. Hab echt keine Ahnung, wie viel Stress in solchen Tierheimen herrscht, aber vielleicht ist denen das auch einfach egal, und sie freuen sich, wenn sie die Tiere weitervermitteln? *22:29*

Stariseria: Kommt sicher auf die Einrichtung an, aber ich vermute, dass die schon gute neue Halter wollen. Sind doch Tierschützer. Ah, Tiff schreibt endlich. *22:31*

TiffCat: Leute, ich habe Neuigkeiten von Stella! Sie hat gerade angerufen. Ganz kurz zusammengefasst: Sie hat tatsächlich das Krankenhaus gefunden, in dem

James (Mr. Beard) behandelt wird. Ist das zu glauben? 22:32

Stariseria: 😲😲😲 22:32

Nik78: Und? Geht es ihm gut? Weiß sie schon, was genau passiert ist? 22:33

TiffCat: Aktuell hat sie wohl bloß mit jemandem telefoniert, der ihr gesagt hat, dass ein Mann vor einer Weile eingeliefert wurde, erst im Koma war, akute Gedächtnislücken hat und sich noch nicht identifizieren ließ, weil niemand ihn vermisst hat. Die Beschreibung des Patienten passt wohl exakt auf James. Sie will heute noch hin und meldet sich, sobald sie Genaueres weiß. 22:34

Stariseria: Wow. Mehr fällt mir dazu nicht ein. 22:35

TiffCat: Es hat wohl wirklich niemand nach ihm gesucht. 22:35

Nik78: Wie denn auch. Wusste vermutlich niemand, dass er verschwunden war. Wahrscheinlich ist es völlig normal, dass Leute ohne festen Wohnsitz einfach weiterziehen? 22:36

TiffCat: Das hat Stella auch gesagt. Sie dachte, er wäre einfach abgehauen, ohne sich zu verabschieden. Im Krankenhaus wird er wohl als Patient X geführt. 22:36

Stariseria: Was verbindet Stella denn mit Mr. Beard? Hat sie dir das verraten? *22:37*

TiffCat: Sie hat bloß gesagt, dass sie Jugendfreunde seien und sie sich dann aus den Augen verloren hätten. Er hat wohl die Angewohnheit, immer wieder einfach zu verschwinden, deswegen hat sie auch nicht weiter nachgeforscht. *22:38*

Nik78: Wirklich unglaublich. Was wäre passiert, wenn du da nicht drangeblieben wärst, Tiff … *22:39*

TiffCat: Ja. Darüber denke ich auch die ganze Zeit nach. *22:39*

Stariseria: Vermutlich wäre er einfach als Unbekannter im System verschwunden. Wenn er Erinnerungslücken hat, dann hätte man wohl darauf hoffen müssen, dass er sich irgendwann selbst erinnert, wer er ist und was passiert ist. *22:40*

Nik78: Okay, das motiviert mich auf jeden Fall noch mal mehr, zu schauen, ob wir den Hund finden können. *22:42*

Stariseria: Ich kann auch mittelefonieren, vielleicht bringen wir die Liste dann heute zu Ende. Irgendwo muss er ja sein. *22:42*

Nik78: Hoffentlich hat keiner dem Hund was angetan. Wenn die Leute, die ihn in den Kofferraum gesperrt haben, ihn einfach nur fortgebracht und ausgesetzt haben, könnte er auch weiter außerhalb in einem Tierheim sein, oder er streunt noch durch die Gegend. *22:43*

Stariseria: Zumindest scheint er es nicht zurück zum Tor geschafft zu haben, also ist er entweder irgendwo eingesperrt oder weit weg. Wenn wir ihn in den Einrichtungen nicht finden, sollten wir den Radius vergrößern. *22:44*

TiffCat: Wenn Stella aus dem Krankenhaus zurück ist, will ich sie fragen, ob sie nicht mal nach der Adresse mit dem Rolltor suchen kann. Wenn sie da rumfährt und schaut, findet sie vielleicht auch Lincoln. *22:44*

Wundholz

Wäre es nicht so ein Klischee, den Geruch von Krankenhäusern zu hassen, würde sie sich dem Ekel mehr hingeben, den sie verspürt, seitdem sie diesen Klinikflur betreten hat. Aber vermutlich ist es gar nicht der Geruch von Plastikfußboden und Desinfektionsmittel, gemischt mit dem von warm gehaltenem Essen und diversen Körperausdünstungen, der ihren Widerwillen hervorruft – die Fischfabrik hat oft schlimmer gerochen, und der Geruch der trocknenden Cannabisblüten war auch deutlich überwältigender –, es sind die damit verbundenen Erinnerungen, die Sorge, das Trauma, die hier nachklingen. Nun ist sie auf dem Weg zum Krankenzimmer von James. Zumindest vermutet sie, dass sie ihn auf diesem Klinikflur finden wird. Schräg vor ihr geht mit zielgerichtetem Schritt der Pfleger, der ihr den Weg weisen soll.

In dem Zimmer stehen zwei Betten, an der Wand sind Monitore. In diesem Raum wird die enge Überwachung zuvor kritischer Patienten fortgesetzt, erklärt ihr der Pfleger mit flüsternder Stimme.

Im ersten Bett liegt eine ältere Dame mit grauem Haar und geschlossenen Augen. In ihrer Nase steckt der Sauerstoffkatheter, den Stella sofort mit Dylans Gesicht während seiner letzten Monate verbindet. Und im hinteren Bett liegt tatsächlich James. Er schläft. Sein Bart ist abrasiert. Sein linkes Auge ist kaum auszumachen unter der bläulich-lilafarbenen Haut einer riesigen Schwellung, und sein Kopf ist mit einem Verband umwickelt. Aber er ist es, sie zweifelt keinen Moment daran.

Der Krankenpfleger schaut Stella an und fragt, ob sie den Patienten wiedererkennen würde. Als sie nickt und seinen Namen nennt, sagt er: Die Polizei hat bereits Ermittlungen eingeleitet. Immerhin können wir sie jetzt darüber informieren, dass wir den Patienten identifizieren konnten. Gehören Sie zur Familie? Wir hatten schon die Hoffnung aufgegeben, dass ihn überhaupt irgendjemand als vermisst melden würde.

Wir sind nur alte Jugendfreunde, unser Verhältnis ist nicht besonders eng, gibt Stella kurz zur Antwort.

Wahrscheinlich hat der Pfleger auf eine Familienverbindung gehofft, damit die nötigen Dokumente ausgefüllt werden können, denn er sieht enttäuscht aus, als er ihr mit der Krankenakte in der Hand erklärt, was mit James vorgefallen ist: Als er zu uns in die Notaufnahme eingeliefert wurde, war er bewusstlos. Ein Anwohner war wegen anhaltendem Hundekläffen auf die Straße gegangen, um nach dem Rechten zu sehen, und ist dabei auf ihn gestoßen. Er lag in einer Blutlache und war zu diesem Zeitpunkt bereits nicht mehr ansprechbar.

Die Art seiner Verletzungen ist für uns ein klarer Hinweis darauf, dass er brutal verprügelt wurde. Mehr wissen wir nicht über Tat oder Täter.

Und gibt es Informationen zu dem Hund, den er bei sich hatte? Hat ihn irgendwer vom Fundort mitgenommen?, fragt Stella, aber der Krankenpfleger zuckt nur mit den Schultern und verweist sie an die Polizei.

Der Mann liest routiniert den Zustand des Patienten aus der Akte in seiner Hand ab. James hat ein Schädelhirntrauma und ein gebrochenes Jochbein, mehrere Rippenfrakturen, eine leichte innere Blutung, die aber gut behandelbar gewesen sein soll, einen Eckzahn und einen Backenzahn verloren und mehrere Platzwunden, die genäht werden mussten. Aufgrund der starken Schläge gegen seinen Kopf hatte man ihn für einige Zeit in ein künstliches Koma versetzt, aus dem er erst vor Kurzem erwacht ist. Der Pfleger hebt den Blick von der Akte, als würde er überprüfen wollen, dass Stella die vielen Informationen nicht überfordern.

Das klingt alles furchtbar, antwortet sie.

Der Mann nickt und schaut noch mal in seine Unterlagen, bevor er weiterredet: Die meiste Zeit ist er noch sehr schläfrig, und er kann sich nicht mehr an die Tatnacht erinnern. In seinen wachen Momenten hat er uns keine Angehörigen nennen können, aber wir sind uns nicht sicher, ob hier eventuell eine Amnesie vorliegt oder ob der Patient aufgrund seiner Verletzungen vielleicht verwirrt ist. Dafür spricht, dass er sich uns nicht nur als James, sondern auch als Anthony vorgestellt hat.

Seinen Nachnamen kannten wir nicht, bis Sie gekommen sind. Er schaut Stella erwartungsvoll an.

Ich kenne ihn nur als James Doyle. Einen anderen Namen habe ich nie gehört. Ob es Menschen gibt, die man von seinen schweren Verletzungen unterrichten sollte, kann ich auch nicht sagen. Wir haben uns erst vor Kurzem wiedergetroffen, und ich habe nicht den Eindruck, dass er noch irgendwo nähere Verwandte hat. Sie schaut nachdenklich auf den schlafenden James. In ihrer kurzen gemeinsamen Zeit hatte er den Namen Anthony nie erwähnt, auch in Bezug auf sein früheres Leben war er immer einsilbig geblieben. Vielleicht wird sie ihn danach fragen, wenn er wieder klar im Kopf ist, und wenn er nicht darüber reden will, wird sie auch das respektieren.

Sie bittet darum, im Krankenzimmer warten zu dürfen, bis James aufwacht. Der Krankenpfleger schiebt ihr einen Plastikstuhl neben das Bett und erklärt, dass er mit anderen Dingen weitermachen müsse. Kurz vor der Tür dreht er sich noch einmal zu Stella um: Ich muss die Polizei informieren, dass Sie als Kontaktperson aufgetaucht sind, sagt er. Ich hoffe, das ist in Ordnung?

Sie nickt nur, vermutlich werden die Beamten also ein Gespräch mit ihr führen wollen.

Außer dem leisen Zischen der Sauerstoffzufuhr, den etwas beschwerlich klingenden Atemzügen der älteren Dame und dem regelmäßigen Piepen der Monitore ist es still im Raum, nachdem der Pfleger die Tür hinter sich zugezogen hat. James atmet flach und liegt so ruhig, dass sie die Bettdecke im Blick behält, um zu sehen, ob sie sich hebt und senkt. Als könnte sie der gleichmäßigen Kurve seines Herzschlags auf dem Monitor schräg über dem Bett nicht trauen. Seine Hand liegt auf der Decke, über den Zeigefinger ist ein Sensor gestülpt, der den Blutsauerstoffgehalt ermittelt. So ein gummiartiger Fingerüberzug hat auch Dylan in seinen letzten Monaten begleitet. Stella erinnert sich, wie sie Dylans Hand hielt und immer das Gefühl hatte, dass die Maschinen selbst ihre Zärtlichkeit kontrollierten.

Sie zögert einen Moment, dann legt sie ihre Hand vorsichtig über die Finger von James. Er reagiert nicht darauf, und auch die Kurven auf dem Monitor verändern sich nicht. Sein Herz schlägt ruhig und regelmäßig weiter. Sie beginnt, leise zu sprechen, erzählt von den fremden Menschen, die nach ihm gesucht haben und die jetzt nach Lincoln Ausschau halten, von der Suppenküche, von Dylan und ihren früheren Erfahrungen im Krankenhaus. Als sie einmal hochschaut, sieht sie, dass die Dame aus dem Nachbarbett ihre Augen geöffnet und leicht den Kopf gedreht hat. Stella lächelt ihr zu und erzählt mit ruhiger Stimme weiter.

Es muss einige Zeit vergangen sein, als eine junge Krankenpflegerin die Zimmertür öffnet und Stella hinausbittet. Bevor sie geht, beugt sie sich zu James' Gesicht hinab und flüstert ihm ins Ohr, dass sie morgen wiederkommen wird.

Draußen warten ein junger Mann mit dunklen Haaren und eine ältere Frau mit grauer Ponysträhne in Polizeiuniform. Auf dem Klinikflur bitten sie Stella um weitere Informationen, fragen nach dem vollen Namen von James, nach ihrem Beziehungsverhältnis und wollen wissen, ob sie Informationen zu seinen Aufenthaltsorten und seinem gewohnten Schlafplatz auf der Straße geben kann. Natürlich müssen sie auch nach einem möglichen Drogen- und Alkoholkonsum fragen und erkundigen sich danach, wann sie James das letzte Mal gesehen hat.

Stella gibt Antworten, so weit es ihr möglich ist.

Wie sind Sie denn auf die Idee gekommen, in der Klinik nach ihrem Freund zu suchen?, fragt die Frau.

Stella zögert für einen Moment und denkt an Tiff und die erwähnte strenge Geheimhaltungspflicht. Sie fühlt sich wie immer, wenn sie mit der Polizei in Kontakt kommt, als hätte sie etwas falsch gemacht. Ihr Herz klopft heftig. Zum ersten Mal in ihrem Leben hat sie im Dialog mit der Polizei tatsächlich etwas zu verbergen. Ich habe mir einfach Sorgen gemacht, als James länger nicht mehr bei uns in der Suppenküche erschienen ist, gibt sie vage zur Antwort. Sie lächelt und sorgt sich sofort, ob das aufgesetzt wirken könnte, aber die Polizistin macht nicht den Eindruck, als wäre sie misstrauisch geworden. Die Menschen wollen eh nicht glauben, dass auch ältere Damen schlimme Dinge tun könnten, denkt Stella. Zum Schluss nennt sie dem dunkelhaarigen Polizisten noch ihre Telefonnummer und Adresse. Sie bezweifelt, dass es ein großes Interesse daran gibt, eine an einem Obdachlosen verübte Gewalttat aufzuklären. Wahrscheinlich wird sie nichts mehr von den beiden hören.

Die beiden Polizisten verabschieden sich freundlich,

und nach einer kurzen Atempause tritt erneut der Krankenpfleger auf Stella zu.

Könnten Sie bitte noch kurz mit mir in diesen Besprechungsraum kommen?, bittet er mit hörbarem Nachdruck. Es gibt noch einige formale Dinge zu klären, und da Sie die einzige Person aus dem Umfeld des Patienten sind, möchten wir gerne mit Ihnen darüber sprechen.

Er weist ihr den Weg in einen Raum mit einem großen Schreibtisch, der schräg vor einem Fenster mit Jalousien steht. Dort sitzt bereits eine Frau in Hosenanzug, die sich als Angestellte der Patientenverwaltung und Kostenabteilung vorstellt.

Stella weiß sofort, was jetzt auf sie zukommt. In Ermangelung weiterer Ansprechpartner wird die Frau sie über die Möglichkeiten für die Weiterbehandlung von James informieren und mit ihr abklären, wie die Kosten dafür finanziert werden sollen. Sie kennt diese Gespräche über den Versicherungsschutz und alternative Finanzierungsmöglichkeiten. Die Kosten für Dylans Behandlung, die über seine Krankenversicherungsleistung hinaus aufgelaufen waren, hatte sie erst nach seinem Tod mit der Lebensversicherungssumme ausgleichen können, die von seinem Arbeitgeber ausgezahlt worden war. James dürfte weder über das eine noch über das andere verfügen.

Die Hosenanzugfrau begrüßt sie mit professioneller Miene, nimmt einen Schluck Wasser und stellt das Glas vor sich auf den Tisch. Als Stella ihren Blick von dem halb leeren Trinkgefäß hebt, sieht sie den Krankenpfleger an, der den Wink sofort versteht und auch ihr Wasser einschenkt. Sie führt ihr Glas an die Lippen und stellt sich vor, wie das Wasser sich in ihre Körperzellen verteilt und sie wieder aufrichtet wie eine vertrocknete Pflanze.

Uns ist selbstverständlich klar, dass Sie als entfernte Bekannte keinerlei Verpflichtungen für den Patienten haben, dennoch möchten wir Sie in Ermangelung weiterer Angehöriger über den Stand der Behandlung informieren. Eine Notfallbehandlung von Patienten ist generell verpflichtend für uns, diese ist mittlerweile jedoch abgeschlossen. Das bedeutet, wir müssen anfangen, uns Gedanken über die Begleichung der anfallenden Kosten zu machen, erklärt die Frau und lächelt.

Ich weiß nicht, ob James einen Versicherungsschutz hat, aber vermutlich ist das nicht der Fall. Die Besucher unserer Suppenküche sind zum größten Teil nicht versichert, antwortet Stella. Ich weiß, dass eine neu eingeführte staatliche Police für einkommensschwache Menschen einen Teil der Kosten übernehmen könnte, aber mit den Antragsformalitäten kenne ich mich nicht aus.

Für solche Fälle gibt es Beratungsstellen, erklärt der Pfleger und reicht ihr einen Flyer mit Adressen. Der staatliche Versicherungsschutz könnte, wenn er bewilligt wird, die größten finanziellen Lücken schließen.

Die Frau neben ihm nickt, während er spricht. Sie greift in eine Ablage im Regal und reicht Stella einen weiteren Flyer auf Hochglanzpapier. Das Krankenhaus hat eine angeschlossene Stiftung, die besonders für mittellose Opfer von Gewaltverbrechen einen Teil der Kosten übernimmt. Die Kombination aus Stiftung und staatlicher Krankenversicherung kann einen Großteil der Kosten decken, sagt sie. Und nach einem kurzen Schweigen macht sie ein ernstes Gesicht: Eine Finanzierung der nicht lebensnotwendigen Weiterbehandlungen nach der Entlassung des Patienten, die mittlerweile absehbar ist, bleibt dabei allerdings weiter offen. Außerdem brauchen wir bei wohnungslosen Patienten in stark geschwächtem Zustand für die Entlassung eine Person, die die weitere Übernahme der Verantwortung gewährleistet. Sie müssen sich dazu nicht verpflichtet fühlen, aber vielleicht hat Ihr Arbeitgeber oder die angeschlossene Kirchengemeinde ein Netzwerk, aus dem sich jemand bereit erklärt.

Ich werde Mr. Doyle nach der Entlassung mit zu mir nehmen, erklärt Stella, ohne zu zögern. Welche Folgekosten für die weitere Behandlung werden denn noch anfallen?

Der Pfleger liest aus der Patientenakte mehrere große Kostenpunkte ab: Die ausgeschlagenen Zähne müssen weiterbehandelt und möglicherweise ersetzt werden. Außerdem hält man eine Reha-Begleitung nach der schweren Kopfverletzung für sinnvoll. Hinzu kommen Kosten für Nachkontrollen und abschließende Behandlungen der Verletzungen.

Stella verlässt die Klinik, ohne noch einmal zu James ins Zimmer hineinzuschauen, und geht direkt zu ihrem Auto. Sie lehnt sich im Sitz zurück und schließt die Augen, die Hände fest ums Lenkrad gelegt, als würde sie nicht hier auf dem Krankenhausparkplatz stehen, sondern die Küstenlinie zwischen den Redwood-Bäumen entlanggleiten. Sie könnte wegfahren und all die Sorgen um James einfach vergessen. Manchmal wäre sie gerne wie Cove, die alles hinter sich gelassen hatte und sorglos und ohne Mitleid weitergezogen war. Aber so ist sie nicht, natürlich wird sie sich nicht davonmachen. Sie nimmt ihr Telefon in die Hand, um Tiff zurückzuschreiben, die ihr bereits zwei Nachrichten geschickt hat.

Baccharis pilularis

Regelmäßig moderiert Tiff in ihren Träumen Bilderreihen für gesichtslose Auftraggeber. Dann wacht sie auf, bevor der Wecker klingelt, ihr Kopfkissen ist nass vom Schweiß. In diesem halb wachen Dämmerzustand erinnert sie sich nur noch an Fetzen der Albträume, an kurze Sequenzen, in denen sie eingemauert ist zwischen Bildschirmwänden mit weinenden Menschen und wimmernden Tieren. Vergeblich versucht sie, einen Moderationsbefehl einzugeben, während die Zeituhr immer schneller läuft. Sie klickt und klickt und klickt, doch auf dem Bildschirm passiert nichts, der Befehl kommt nicht an, nur der Zeitdruck erhöht sich. Noch auf der Schwelle zwischen Schlaf und Wachsein versucht sie manchmal, bewusst in diese Träume zurückzukehren, um die Dinge zu einem guten Ende kommen zu lassen. Meist aber schreckt sie hoch und wacht auf, oder sie verfängt sich erneut in der Albtraumzone.

Draußen graut der Morgen. Durch den Gardinenspalt fällt das schwache Licht des beginnenden Tags, und Tiff liegt wach in ihrem Bett. Diesmal hat sie geträumt, dass sie Farben benennen musste und irgendwann keine Worte mehr fand für all die Blautöne, die vor ihr auf dem Bildschirm blinkten. Der Stress der Sprachlosigkeit hat sie geweckt, trotzdem gefallen ihr die neuen Stressträume besser. Das Herzklopfen ist zwar geblieben, aber im Moment des Aufwachens hat sie nicht mehr das Bedürfnis, die Bilder in ihrem Kopf sofort wieder zu vergessen. Sie dreht sich zum Nachttisch und nimmt das Smartphone in die Hand, das sie wie immer in den Flugzeugmodus gestellt hat, damit es Leons Gehirn nicht verstrahlt, auch wenn sie gar nicht weiß, ob das mit der gefährlichen Handystrahlung nicht nur eine Gruselgeschichte ist.

Sie checkt den Wetterbericht für den Tag, um zu entscheiden, ob sie ihr Kind vor dem Kindergarten mit Sonnenschutz eincremen sollte. Das Handy vibriert leise, in der Stille des beginnenden Tags klingt es trotzdem wie eine plötzlich anlaufende Bohrmaschine. Sie hat eine Nachricht von Stella bekommen, die ihr vermutlich kurz vor dem Zubettgehen noch geschrieben hat. Tiff ist gespannt auf Neuigkeiten von James. Schon direkt nach ihrem Besuch bei James hatte Stella sich gemeldet und schien besorgt wegen der Folgekosten der ärztlichen Behandlung. Tiff ist überzeugt davon, dass die Sicherheitsmänner für den Übergriff auf Mr. Beard verantwortlich sind, aber Stella ist da skeptisch. Sie hat ihr erklärt, dass sie durch ihre Arbeit mit Obdachlosen weiß, wie oft diese zum Opfer willkürlicher Gewalt werden und dass es einfach riskant sei, auf der Straße zu leben.

Zum Ende ihrer letzten Unterhaltung hatte Tiff ihr weitere Bilder von James vor dem Rolltor geschickt. Kurz darauf schrieb Stella, dass sie sich auf die Suche nach Lincoln machen wolle. Tiff hatte nicht mehr geantwortet, sie lag schon im Bett. Jetzt muss sie lächeln, weil Stella ihre Chat-Nachrichten immer mit einer freundlichen Anrede beginnt und mit einem abschließenden Grußwort enden lässt, als schreibe sie ihr einen Brief:

Liebe Tiff,
ich habe mehrere Stunden damit verbracht, das Tor zu suchen, bin durch Gewerbegebiete und Teile des Industriehafens gefahren, habe aber nichts gefunden. Erst ganz am Ende bin ich in einer Seitenstraße tatsächlich fündig geworden. Dort gibt es mehrere Lagerhallen und Arbeitsgebäude. Ich habe mir den Ort zu Fuß näher angeschaut. Der Schlafplatz von James und Lincoln vor dem Tor kam mir geradezu ideal vor. Vor der Hafenfront befindet sich eine Halbinsel, die vor Wind schützt, und einige Büsche auf einer Grünfläche vor der Seitenstraße sorgen dafür, dass man den Platz von der Hauptstraße aus nicht einsehen kann. Das Licht der Straßenlaterne war sicher auch ein Grund dafür, dass James sich für diesen Ort entschieden hat. So konnte er nach Sonnenuntergang noch lesen. Aus dem Augenwinkel habe ich auch die Überwachungskamera gesehen, die eure Aufnahmen gemacht haben muss. Genauer hingesehen habe ich allerdings nicht, um keinen Verdacht zu erregen. Vielleicht werdet ihr mich also bald in einem eurer Videos sehen.

Dann kannst du mir ein Bild davon schicken, und der Kreis wäre komplett.
Lincoln habe ich leider nicht gefunden, obwohl ich in allen Ecken, hinter den Müllcontainern und bei den Parkplätzen nach ihm gesucht habe. Und ich bin mir jetzt auch ziemlich sicher, dass James nicht von den Sicherheitsleuten verprügelt wurde, denn die Stelle, an der man ihn blutend aufgefunden hat, ist mehrere Kilometer von dem Tor entfernt. Mit den schweren Verletzungen hätte er einen Fußweg dieser Länge niemals geschafft. Zur Sicherheit bin ich noch zu der Straße hingefahren. Das Blut ist aber mittlerweile vom Pflaster gewaschen, man kann den genauen Tatort nicht mehr erkennen. Lincoln habe ich auch dort nicht angetroffen. Vielleicht habt ihr schon bessere Nachrichten, wenn ich wieder aufgewacht bin. Jetzt werde ich mich erst mal hinlegen.
Liebe Grüße
Stella

Tiff schickt sofort eine Nachricht an Stari und Nik, dass das Rolltor gefunden ist, der Hund aber verschwunden bleibt. Sie will sich später mit weiteren Details melden. Vielleicht ist es gut, dass die Lage des Tors es unwahrscheinlich macht, dass die Sicherheitsleute etwas mit James' Verletzungen zu tun haben, denn sonst hätte sie vielleicht doch noch ihre Geheimhaltungsvereinbarung gebrochen, um die Täter zu überführen. Vermutlich wird der Fall nie gelöst werden. Stella hat recht: Gewalt ist ein Teil des Lebens auf der Straße, die nur in Filmen und Romanen Konsequenzen für die Täter hat.

CHAT 12

Nik78: Habt ihr schon die Änderung im *Automa*-Dashboard gesehen? Man kann jetzt Arbeitsziele erreichen und bekommt Belohnungssticker fürs eigene Profil. Und man kann sich auch selbst Ziele formulieren und Belohnungen dafür erstellen. *00:15*

Stariseria: Schau es mir gerade an. Uff, vermutlich haben wir bald verschiedene Automaton-Klassen, als hätten wir nicht schon genug Bewertungen. 😐 *00:37*

Nik78: Ich glaube, dass es eher um eine Form von Gamifizierung geht. Wenn der Stundenlohn zur Motivation nicht ausreicht, dann eben die Aussicht auf irgendeinen blöden Sticker. Vielleicht erstelle ich mir das Ziel, mal Wochenende zu machen und nicht die ganze Zeit durchzuarbeiten, aber das ist bestimmt nicht vorgesehen. *00:39*

Stariseria: Gotta catch them all! *00:40*

TiffCat: Ihr habt keine Neuigkeiten von Lincoln, oder? *00:45*

Stariseria: Nein, aber auf meiner Liste sind noch zwei Heime, die ich nicht erreicht habe. Wenn ich mit denen durch bin, sind wir wieder am Anfang. *00:45*

TiffCat: Stella schaut jetzt regelmäßig beim Rolltor vorbei, vielleicht taucht er dort wieder auf.
Und sie macht sich große Sorgen wegen der Behandlungskosten von James. *00:46*

Nik78: Wie gut, dass ich in einem Land mit staatlicher Gesundheitsversorgung lebe. *00:47*

Stariseria: Ja, man will es sich echt nicht vorstellen. Muss furchtbar sein ohne. *00:47*

TiffCat: Ich habe überlegt, ob man irgendein Crowdfunding für James machen könnte. So wird es dort, glaube ich, häufiger gehandhabt mit den Behandlungskosten. Ich weiß, von uns hat niemand wirklich was zu geben, aber man könnte es einrichten und hoffen, dass irgendwer anders Mitleid hat und einen spendablen Tag. Ich glaube, Stella ist nicht viel online. *00:48*

Nik78: Da müsste er aber auf jeden Fall zustimmen.
Ich könnte eine Seite für Stella und James einrichten.
Sollten wir als Bild einen der Screenshots von James

nehmen, wie er Lincoln vorliest? Das zieht vielleicht. 00:49

Stariseria: Das zieht bestimmt, aber es ist auch ein Risiko, wegen unserer *ExtraEye*-Verpflichtung. Tiff weiß, wovon ich rede, sie hat ja schon eine Mahnung erhalten, und der neue Auftrag wurde für sie nicht freigeschaltet. 00:49

Nik78: Es gibt definitiv ein Risiko. Wir müssen überlegen, ob wir das eingehen wollen. 00:50

TiffCat: Ich vermute, die sind viel zu schlecht ausgestattet für ein ernsthaftes Monitoring. Wenn das Crowdfunding für James nicht super-viral geht, müssen wir uns da, glaube ich, keine großen Sorgen machen. 00:50

Nik78: Riskant wird's nur, wenn die Besitzer der Überwachungskamera Bild und Perspektive erkennen und sich an *ExtraEye* wenden. 00:50

Stariseria: Wenn wir das Bild benutzen, sollten wir aufpassen, dass Stella den Link nicht vor Ort teilt. Damit reduzieren wir das Risiko. Außerdem müssen wir schauen, was das für eine Firma ist mit dem Rolltor und der Kamera. Wir haben jetzt die Adresse. 00:52

TiffCat: Schon passiert. Ist 'ne Firma, die Chemikalien im- und exportiert. Bestimmt haben die eine

Videoüberwachung, weil in der Lagerhalle Stoffe aufbewahrt werden, mit denen man schlimme Dinge anstellen kann. *00:53*

Nik78: Drogen und Bomben, oder wie? *00:53*

TiffCat: Könnte doch sein. Deswegen haben die doppelte Sicherheit, mit eigenen Angestellten und zusätzlicher KI-Überwachung, die *ExtraEye* ihnen als komplett von Computern durchgeführt verkauft hat. *00:54*

Stariseria: Zumindest haben wir es hoffentlich nicht mit irgendwelchen dubiosen Lagerhallen von offensichtlichen Verbrechern zu tun. *00:55*

Nik78: Hoffentlich 😬 *00:56*

TiffCat: Die werden auf jeden Fall nicht nach Bildern ihres Rolltors suchen. Wenn wir den Ausschnitt vernünftig wählen und den Aufkleber entfernen, könnte es jedes Tor sein. Dann weiß nur *ExtraEye* mehr, und auch da sollten wir davon ausgehen, dass sie ihre Videos nicht selbst anschauen. *00:58*

Nik78: Ich denke, das Risiko ist überschaubar. Wenn die nicht Wasserzeichen in ihre Aufnahmen einbauen oder sie sonst wie markieren. Und selbst dann glaube ich nicht, dass die das Internet nach Bildern durchkämmen. Die Firma wirkt sehr auf Fassade hin ausgelegt, technische Lösungen verkaufen, die noch gar nicht fertig entwickelt sind, usw. Denen sind wir Automatons völlig egal, solange nicht zu sichtbar wird, dass statt einer KI doch heimlich Menschen die Bilder überwachen. *00:59*

Stariseria: Ja, genau das wollen sie verbergen. Vielleicht verwenden sie aufs Vortäuschen deswegen mehr Zeit als auf ihr Produkt. Die Frage ist sowieso, ob so ein Crowdfunding was bringt. Wir werden nicht viel reingeben können, und James hat offensichtlich auch nicht das soziale Netz, das ihn auffangen könnte. *00:59*

TiffCat: Und wenn wir die anderen Automatons fragen, ob sie uns helfen, den Aufruf zu teilen? Immerhin ist es doch eine Sache, die eng mit unserer Arbeit verknüpft ist. *01:00*

Stariseria: Die meisten von uns haben aber überhaupt kein Geld, sonst würden wir diese Jobs nicht machen. *01:00*

Nik78: Ein Schwarm aus Leuten ohne Geld, der einem Mann ohne Geld helfen soll. Klingt unergiebig. *01:01*

TiffCat: Aber vielleicht können die anderen es einfach teilen, und irgendwo erreicht es dann auch Menschen mit Geld? *01:01*

Stariseria: Ich will dir deinen Optimismus nicht nehmen, es bleibt uns ja eh nicht viel anderes übrig, wenn wir James helfen wollen. *01:02*

Nik78: Im Forum können wir das aber auf keinen Fall posten, dort wird von *ExtraEye* sicher mitgelesen. Und wie sollen wir die Geschichte von James erzählen, ohne dabei den Autob zu erwähnen? *01:02*

Stariseria: Das Forum fällt dafür aus. Wir müssen auf anderem Weg an die Automatons rankommen. *01:03*

TiffCat: Ginge am besten mit einem Autob. *01:03*

Nik78: Du willst selber einen Job vergeben? Weiß gar nicht, ob Nutzer der Plattform auch Aufgaben einstellen können. *01:04*

Stariseria: Vermutlich nicht. Aber vor allem müsstest du dann Geld für Honorare zahlen, und wenn du so viel hast, gib es doch lieber gleich an James. *01:05*

TiffCat: Ich habe natürlich nicht genug Geld, aber wenn sich die Crowdfunding-Idee dadurch besser verbreiten ließe, wäre es vielleicht trotzdem das Richtige. *01:06*

Nik78: Die Job-Angebote werden allerdings überprüft. Wie würdest du die Geschichte von Mr. Beard denn in so einen Job einbauen, ohne dass *Automa* es rausfiltern kann? *01:06*

TiffCat: Vielleicht nachträglich was hinzufügen und hoffen, dass es niemand meldet? *01:07*

Stariseria: Vielleicht klärst du erst mal, ob James einem Crowdfunding zustimmt, dann macht Nik den Eintrag dafür, und dann sehen wir weiter. Ich suche nach Lincoln und muss gleich auch noch zwei *ExtraEye*-Sachen anschauen. Heute hab ich Container und eine neue Lagerhalle. Wird sicher langweilig. *01:07*

Schneebruch

Die ältere Dame aus dem Nachbarbett ist verschwunden. Es sieht so aus, als wäre sie nur aufgestanden und kurz hinausgegangen. Eine Krankenpflegerin mit rot gefärbten Locken hat Stella im Flur gesagt, dass James jetzt allein im Zimmer ist und dass sie ihn bis zu seiner Entlassung nicht mehr verlegen werden. Er liegt wach im Bett, das Kopfteil ist hochgefahren. Obwohl die Schwellung seine Mimik beeinträchtigt, kann Stella erkennen, dass er versucht, sie anzulächeln. Sie zieht sich einen Stuhl ans Bett heran und hebt die Hand, um sie auf seine Finger zu legen. Im letzten Moment zögert sie, streicht stattdessen kurz über die Bettdecke, als wollte sie eine Falte im Bezug glatt ziehen.

James schaut sie an. Sie lächelt und legt nun doch ihre Hand über seine.

Ich bin froh, dich zu sehen, sagt er mit kratzig klingender, erschöpfter Stimme.

Stella nickt, plötzlich unsicher geworden angesichts der vielen offenen Fragen, die zwischen ihnen stehen.

Stattdessen spricht er weiter: Weißt du etwas über Lincoln? Niemand hier kann mir eine Antwort darauf geben, was mit ihm passiert ist. Ich mache mir große Sorgen.

Nein, ich habe versucht, ihn zu finden, bin mit dem Auto herumgefahren, aber es gibt keine Spur. Erinnerst du dich an das, was passiert ist?

Leider nein. Ich weiß noch, dass ich in einem Eckladen Zigaretten gekauft habe, dann reißt die Erinnerung ab. Und vielleicht war das nicht mal in dieser Nacht, die letzten Wochen sind wie Splitterstücke in meinem Gedächtnis. Jedes Fragment nur ein kurzes Aufflackern.

Die Stelle, an der sie dich gefunden haben, ist ein ganzes Stück entfernt von eurem Schlafplatz am Hafen. Ich habe dort mehrfach vergeblich nach Lincoln gesucht. Gibt es noch einen anderen Ort, an dem ich nach ihm schauen könnte?

Woher weißt du … Habe ich dir etwa von diesem Platz erzählt? Er sieht sie fragend an. Ich erinnere mich nicht, überhaupt je mit einem anderen Menschen darüber gesprochen zu haben.

Nein, von dir weiß ich es nicht. Ich weiß es von Bildern, die dort gemacht wurden.

Er schaut jetzt noch verwirrter drein.

Stella beugt sich ganz nah zu ihm hin und spricht mit leiser Stimme: Das alles ist eine lange, wirklich unglaubliche Geschichte, James. Eine junge Frau hat mich kontaktiert, die mit einer Gruppe von über die Welt verstreuten Menschen Videos von einer Überwachungskamera gesehen hat. Sie haben dir oft zugeschaut, wie du mit Lincoln dort abends gesessen hast. Sie haben sogar gesehen, dass du ihm vorgelesen hast. Und plötzlich warst du weg, und nur noch der Hund saß da und wartete. Und als er dann eingefangen und von einem Auto weggebracht wurde, hat man nach dir gesucht. So kamen sie durch viele glückliche Umstände schließlich bis zu mir. Stella erzählt von ihren Gesprächen mit Tiff und erwähnt sogar den Spitznamen, den ihm die Automatons gegeben haben.

James fährt sich mit der Hand über seine rasierte Wange und schüttelt den Kopf. Okay, jetzt bin ich wirklich nicht mehr sicher, ob ich durch den Schlag auf meinen Kopf nicht doch einfach verrückt geworden bin.

Ihre Hände liegen immer noch aufeinander. Sie sitzt leicht zu ihm hin gebeugt, hält die Nähe aufrecht.

Du siehst erschöpft aus, sagt sie schließlich, vielleicht sollten wir besser später oder morgen weitersprechen.

In diesem Moment betritt eine Pflegerin den Raum, sie hält einen Stapel frischer Wäsche im Arm, macht sich zuerst daran, das Bett der älteren Dame neu zu beziehen, und wendet sich dann James zu. Also erhebt sich Stella, verlässt das Krankenzimmer und holt sich einen Kaffee am Stationsautomaten.

Als sie zurückkommt, um noch einmal nach James zu sehen, liegt sein Kopf mit geschlossenen Augen auf dem frisch bezogenen Kissen. Sie setzt sich leise neben ihn, trinkt ihren Kaffee und sieht ihn dabei an.

Erst nach einer Weile öffnet er die Augen und wirkt desorientiert, dann erwidert er ihren Blick.

Soll ich morgen wiederkommen?

Nein, wenn es dich nicht von Wichtigerem abhält, wäre es schön, wenn du noch einen Moment bleibst.

Ich habe dem Krankenhauspersonal gesagt, dass ich dich nach der Entlassung mit zu mir nehmen kann. Wie findest du das?

Er schließt kurz die Augen, dann sieht er sie an und verzieht den Mund zu einem Lächeln. Es scheint ihn zu schmerzen, er seufzt auf. Mir fällt das Sprechen so schwer, sagt er, aber ich bin dir wirklich dankbar für alles, was du für mich tust.

Ich kann dir einfach noch mehr von der ganzen Geschichte erzählen, du musst gar nicht antworten, sagt Stella und berichtet davon, wie die anderen Geld für ihn sammeln wollen, und dass sie dazu ein Bild von ihm und Lincoln verwenden möchten. James nickt nur, gibt zu verstehen, dass er zuhört, aber er wirkt verwirrt und müde. Stella überlegt, ob sie diese eine Frage überhaupt stellen darf. Seine Hand liegt schlaff unter ihrer. Die Haut seines stark behaarten Unterarms ist beinahe so hell wie die Krankenhauswäsche. Sie streichelt seine Finger, versucht, die raue Haut über seinen Knöcheln zu erfühlen. Er schaut sie direkt an, seine hellen Augen sehen wässrig aus. Das Weiß ist von Äderchen durchzogen. Stella weiß, dass es ohne diese Frage nicht weitergehen kann, dass sie die Voraussetzung dafür ist, alles andere offenzulegen, und fragt ihn also nach dem Namen, den ihr der Krankenpfleger genannt hat: Anthony.

James senkt den Kopf. Sein Schweigen währt so lange, dass Stella schon die Hand fortziehen will. Doch er hält jetzt ihre Finger fest, schaut ihr direkt ins Gesicht und sagt: Bitte gib mir noch etwas Zeit. Ich werde dir meine Geschichte erzählen, sobald ich diesen Ort verlassen habe.

Vanessa cardui

Sie sitzen im Hinterhof auf der Autoreifenbank und essen Streuselschnecken, die Mikael besorgt hat. Die dicke Schicht aus Zuckerguss, mit der die Streusel festgegossen sind, klebt so sehr an den Fingerkuppen, dass Tiff sich im Anschluss unbedingt die Hände waschen will und kurz in ihre Wohnung geht. Sie bringt zwei Gläser Wasser mit hinunter in den Hof. Eine Wespe schwirrt um Mikaels Kopf. Sie schaut besorgt auf seinen Mund, aber er lässt sich nicht irritieren, sondern schiebt das Insekt mit ruhigen Handbewegungen immer wieder von seinem Gesicht weg.

Daheim in unserem Garten sind unglaublich viele Wespen, und Robert hat sich vor ihnen gefürchtet, weil er eine Allergie gegen ihr Gift hat. Ich musste sie immer rausbringen, wenn sich eine ins Haus verirrte. Deswegen habe ich mir irgendwann eine Dokumentation über diese Tiere angesehen, um richtig mit ihnen umzugehen. Man muss sich sehr ruhig bewegen und darf sie nicht anpusten oder wegschlagen, sagt er.

Ich habe bei Wespen immer nur Sorge wegen Leon, sein Mund klebt so gut wie immer, auch wenn ich ihm ständig das Gesicht abwische, damit die Wespen ihn weniger interessant finden, antwortet sie und trinkt einen Schluck Wasser.

Das schwarz-gelbe Insekt lässt von Mikael ab und fliegt in Richtung der Mülltonnen. Ich glaube, die können Angstschweiß und Stress riechen, deswegen muss man entspannt bleiben, aber das ist leichter gesagt als getan mit einem Kind.

Vor allem, wenn es immer noch jedes Tier anfassen will, sagt Tiff und lacht. Gestern hat Leon hier im Hof einen Schmetterling gejagt, wie ein herumtollender Welpe.

Ihr müsst mich wirklich mal zu Hause besuchen, ich habe aus Roberts früherem Arbeitszimmer ein Gästezimmer gemacht. Wahrscheinlich würde er lachen, wenn er wüsste, dass dort, wo seine Hantelbank stand, jetzt eine supergemütliche Sitzecke ist. Mein Garten war in den letzten Wochen voller Distelfalter, diese wunderschönen rötlich-orangenen Schmetterlinge, da hätte Leon seinen Spaß. Er schaut in den Himmel: Jetzt sind die Distelfalter wieder auf ihrem Weg zurück in den Süden. Sie können bis hoch über die Wolken aufsteigen, um sich von den Luftströmungen über unglaubliche Distanzen mitziehen zu lassen.

Weißt du, ob die Schmetterlinge auch in Formation fliegen?, fragt Tiff. Ich finde es total spannend, Vögel zu beobachten, wenn sie diese V-Form bilden und die vorne fliegenden sich zurückfallen lassen, damit andere nachrücken.

Meines Wissens tun Schmetterlinge so was nicht. Aber sie überqueren dennoch die Alpen. Die einzelnen Individuen leben dabei gar nicht so lange, was bedeutet, dass sich der Wanderzyklus für die Distelfalter über Generationen erstreckt.

Tiff schaut ebenfalls in den Himmel und stellt sich Schmetterlingsschwärme vor, weit über den Wolken.

Sie sitzen schweigend nebeneinander. Nach einer Weile zieht sie ihr Smartphone aus der Hosentasche und checkt die Zeit. Wir haben ein Crowdfunding für James, unseren Mr. Beard, gestartet, um ihm mit den Behandlungskosten zu helfen. In meinem Kopf heißt er immer noch so, obwohl ich jetzt seinen richtigen Namen kenne, sagt sie, während sie die Seite des Aufrufs ansurft, den Nik gestern noch online gestellt hat. Du kannst hier sehen, dass bis jetzt exakt vier Menschen Kleinstsummen eingezahlt haben. Neben mir sind das Stari, Nik und Stella, die etwas beigesteuert haben. Die anderen waren von vornherein skeptisch, dass das funktionieren kann, aber ich wollte es unbedingt versuchen.

Solche Crowdfunding-Projekte sind superschwierig ohne ein großes Netzwerk. Vermutlich kommen da vor allem Leute zum Zug, die auch ohne Crowdfunding genug Möglichkeiten hätten.

Ganz genau. Und James hat das nicht, sagt Tiff frustriert. Wir können zwar Spuren im Internet verfolgen, aber von uns hat keiner genug übrig, um das zu stemmen.

Ich werde euren Aufruf auf jeden Fall teilen, sagt Mikael und versucht, sich mit dem Wasserrest aus seinem Glas die klebrigen Finger zu reinigen. Es reicht dafür nicht aus, also entschuldigt er sich, um kurz hochzugehen und sich die Hände zu waschen. Als er zurückkommt, hat er eine Flasche Mineralwasser und einen Teller mit Wassermelonenstückchen dabei.

Während er in sein Melonenstück beißt, erzählt Tiff von ihren Überlegungen, einen eigenen Autob zu starten, um die Crowdfunding-Sache für James zu verbreiten.

Ich finde es eine sehr gute Idee, sagt Mikael und wischt sich mit dem Handrücken über die Lippen. Natürlich kann das folgenlos bleiben, einfach nichts bringen, aber vielleicht habt ihr ja auch Glück. Ich könnte die Honorarkosten dafür übernehmen, einen verifizierten Account einrichten und den Autob einstellen, während du Leon aus dem Kindergarten holst.

Ich denke, es müsste eine simple Bildklassifizierung sein. Die Plattform bietet dafür vorgefertigte Eingabemöglichkeiten an, sodass sich der Arbeitsaufwand fürs Einstellen reduziert.

Vermutlich wird man unseren Auftrag gründlicher anschauen, weil wir noch keine Historie auf der Plattform haben. Hast du darüber schon nachgedacht?

Tiff nickt und sagt: Die Wahrscheinlichkeit, dass jemand von offizieller Seite unser Datenpaket ernst nimmt und genau untersucht, ist dennoch eher gering. *Automa* vertraut darauf, dass die Klickworker ungewöhnliche Aufträge melden.

Das Risiko, krasse Bilder oder Dateien zu sehen, bevor so ein unangemessener Job von der Plattform genommen wird, liegt also ausschließlich bei euch?, fragt Mikael mit einem Stirnrunzeln. Das ist doch unzumutbar. Wie schaffst du es dann, dich vor potenziell triggernden Autobs zu schützen?

Ach, ich bin mittlerweile ganz gut darin, mir anhand der Beschreibungen und Rückmeldungen aus dem Forum nur die Jobs zu suchen, bei denen die Chance gering ist, auf etwas Verstörendes zu stoßen. Manchmal allerdings verpasse ich so auch einen lukrativeren Auftrag, wenn einfach noch niemand eine Rückmeldung dazu abgegeben hat.

Sicher ist es gut, vorsichtig zu sein, du machst das richtig, sagt Mikael und nimmt sie freundschaftlich in den Arm. Wenn wir wollen, dass niemand unseren versteckten Hinweis auf Mr. Beard entdeckt, ist es wohl sinnvoll, die Informationen in einem Bild so zu verbergen, dass nur die Automatons es wahrnehmen.

Das stimmt, am besten produzieren wir gleich mehrere Bilder, in denen Motiv und Text verbunden sind. Dann könnten wir die anderen auf einer Klassifikationsskala beurteilen lassen, ob beides zusammenpasst. Und weil nur Automatons den Klassifizierungstext gründlich lesen werden, bleibt die Information unterhalb des Radars der Plattformbetreiber, sagt Tiff und nimmt sich auch ein Stück Wassermelone.

Wir sollten jedenfalls keine direkten Links in die Bilddateien einbauen, sondern nur die Crowdfunding-Plattform und den Titel des Aufrufs hineinschreiben, führt Mikael ihren Gedanken weiter. Sollte irgendjemand den Auftrag melden, reduzieren wir so das Risiko, dass sich die *Automa*-Leute die Mühe machen, den Aufruf wirklich zu verfolgen.

Als Tiff später am Abend mit dem Babyfon in der Hand an Mikaels Wohnungstür klopft, hat er den Account bereits eingerichtet und zahlreiche Dateien produziert, für die er Bilder mit Text-Zitaten aus passenden und unpassenden Wikipedia-Artikeln kombiniert hat. Besonders stolz ist er auf eine Kreation, bei der er den ersten Absatz aus einem Beitrag zu Petrischalen mit dem Bild einer vollen Tanzfläche verbunden hat. Tiff hat, nachdem Leon endlich eingeschlafen war, ein Bild des vorlesenden James mit einem knappen Text kombiniert, in dem sie, ohne den Namen *ExtraEye* zu erwähnen, die Situation schildert und darüber informiert, dass Mr. Beard durch die Kooperation von Automatons im Krankenhaus gefunden werden konnte. Der Text endet mit der Bitte, ihren Spendenaufruf zu verbreiten.

Gemeinsam stellen die beiden den Autob ein und fügen das Honorar für fünfzig Dienste hinzu.

```
Autob ID: 5835f
»Überprüfe Bildbeschreibungen«
Bewerte den logischen Zusammenhang von
Bild und Bildbeschreibung auf einer
Skala von 1 bis 10
Lohn: $2.00 für 25 Bilder
Aufgabendauer: ca. 15 Minuten
Verpflichtendes Autob-Rating: 80%
```

CHAT 13

Stariseria: Ich habe auf einer Website für vermisste Tiere ein Heim gefunden, das seit einer Weile einen Hund beherbergt, der, zumindest wenn man nach dem Bild geht, Lincoln sein könnte. Schaut euch mal das Foto an. *23:45*

TiffCat: Ja, der sieht wirklich sehr nach Lincoln aus. Ist aber ziemlich dünn, oder? *23:45*

Nik78: Das muss er sein. Die Fellzeichnung ist identisch. Weißt du schon Näheres? *23:46*

Stariseria: Nur das, was im Text auf der Website steht: Der Hund wurde abgemagert und mit einer Augenentzündung auf der Straße aufgegriffen, sein Halsband verweist darauf, dass er vielleicht einen Besitzer hat, der nach ihm suchen könnte. *23:46*

TiffCat: Wie hast du die Website gefunden? *23:47*

Stariseria: Ich hab überlegt, was es für Angebote geben könnte für Leute, die ihre Tiere vermissen. Als ich das letzte Heim auf unserer Liste erfolglos angerufen hatte, war das die einzige Möglichkeit. *23:48*

TiffCat: Wo ist das Heim? *23:50*

Stariseria: In einem Nachbardistrikt, zu weit entfernt, als dass wir es in den Fokus genommen hätten. Hab es bei Google Maps gefunden. Willst du Stella kontaktieren? *23:51*

TiffCat: Und wenn wir ihr damit nur unnötig Hoffnung machen? *23:52*

Nik78: Allein anhand der Screenshots lässt sich nun mal nicht klar sagen, dass es der richtige Hund ist. *23:52*

Stariseria: Ja, es muss jemand vorbeifahren, der Lincoln kennt. *23:53*

TiffCat: Ich schick ihr gleich den Link, dann kann sie entscheiden. Beschreibung und Foto passen jedenfalls genau. *23:54*

Nik78: Unser Crowdfunding zieht allerdings überhaupt nicht an. 😬 *00:02*

TiffCat: 😔 *00:03*

Stariseria: Wir haben es ja vermutet, aber das ist trotzdem sehr ernüchternd. *00:03*

Nik78: Ist der Autob denn schon gestartet? *00:04*

TiffCat: Ja, vorhin freigeschaltet. Haben sich auch schon mehrere für eingetragen, aber das kann dauern, bis etwas kommt, wenn es überhaupt was bringt.
Ich bin heute irgendwie hoffnungslos. *00:05*

Nik78: ❤️❤️❤️
Wart mal ab, immerhin haben wir möglicherweise Lincoln gefunden. *00:06*

TiffCat: Es fällt mir einfach schwer, dran zu glauben, dass der ganze Aufwand sinnvoll war. Es kommt mir alles wie eine Spielerei vor. 💔 *00:06*

Stariseria: Für Stella war es das sicher nicht. Aber sie hat James gefunden, und wir haben jetzt vielleicht auch noch den Hund dazu! Wir können nicht alles regeln, und diese Crowdfunding-Idee war eben ein Versuch. *00:08*

TiffCat: Aber ist es für Stella jetzt wirklich besser?
Sie hat James wieder, aber auch jede Menge Geldsorgen. *00:09*

Nik78: Das ist doch ganz und gar ihre Entscheidung. Wir haben bloß einen Weg aufgezeigt, was sie draus macht, ist ihre Sache. *00:09*

Stariseria: 💯 *00:10*

TiffCat: Stella schreibt gerade, dass sie sich den Hund anschauen will. *00:13*

Stariseria: Cool, dann halten wir mal die Daumen gedrückt. *00:13*

Wurzelsymbiose

Ohne Identitätsnachweis wird kein aufgefundenes Tier an die Eigentümer zurückgegeben, besonders dann nicht, wenn die Abholperson ungeschickt verrät, dass sie gar nicht die eigentliche Besitzerin ist und den Hund nur für einen Freund mitnehmen möchte. Nach einiger Überzeugungsarbeit muss Stella nun in ihrer Handtasche nach dem Führerschein kramen und in dem stickigen Vorraum vor einer Theke aus Sperrholz warten, während die junge Frau mit dem Logo des Tierheims auf dem hellgrauen T-Shirt das Dokument fotokopiert. Erst danach gehen sie in die hintere Halle, in der zahlreiche Hunde in mehr oder weniger geräumigen Abteilen warten. Sie sieht Lincoln sofort, aber er erkennt sie nicht und drückt sich an die Außenwand seines Zwingers. Erst als sie seinen Namen ruft, kommt er zögerlich heran und beschnuppert durch das Gitter ihre Hand. Sie ärgert sich, dass sie weder an ein Kleidungsstück von James noch an irgendwelche Hunde-Leckerlis gedacht hat. Lincoln fiept, und Stella versteht jetzt, weshalb Tiff und die anderen sich so sicher waren, dass der Hund in ihren Videos verstört gewirkt hatte. Sie hat nie zuvor ein Tier gesehen, das so unmissverständlich traurig dreinschaut.

Als sie nach der sehr ausführlich gestalteten Übergabe durch die Tierheim-Frau mit Lincoln zum Auto geht, ist er ganz still und drückt sich, sobald sie die Tür geöffnet hat, in den Fußraum der Rückbank. Sie wird ein ganzes Stück mit ihm fahren müssen und überlegt, wo im Auto eigentlich der beste Platz für so ein Tier ist. Sie denkt an Bilder von Hunden, die mit flatternden Lefzen im Fahrtwind aus dem Autofenster schauen, aber Lincoln sieht nicht so aus, als hätte er ein Interesse daran. Damit er wenigstens ein bisschen frische Luft um die Nase hat, lässt sie die hinteren Fenster einen Spaltbreit offen, denn die Klimaanlage des Wagens ist schon länger defekt.

Zurück in ihrer Wohnung baut sie Lincoln neben dem Sofa ein Nest aus alten Wolldecken und stellt eine Schale Wasser vor ihm ab, bevor sie sich auf den Weg zum Krankenhaus macht. Heute soll sie James abholen. Sie ist nach der langen Autofahrt über eine Stunde zu spät und wird nur noch kurz Zeit haben, ihn an der Wohnung abzusetzen, bevor ihre Schicht beginnt.

Mit einem Rollstuhl des Krankenhauses fährt sie James von seinem Zimmer zum Ausgang, wo er auf einer Außenbank darauf wartet, dass sie das Auto vorfährt. Er hat keine Tasche, da sein gesamter Besitz seit dem Überfall verschwunden ist, und trägt jetzt bequeme

Sportkleidung, die Stella ihm für die Entlassung gekauft hat. Er bewegt sich immer noch langsam und wie unter Schmerzen, auch wenn er jede ihrer Fragen danach sofort abwimmelt. Wäre er besser versichert, hätte ihn das Krankenhaus sicher länger dabehalten. Immerhin sind die Schwellungen mittlerweile abgeklungen, auch die Hämatome bilden sich zurück, aber die wie Fremdkörper wirkenden Wunden am Kopf mit den noch immer verschorften Nähten erzählen von einer ganz anderen Geschichte.

Die wenigen Treppen zu ihrer Wohnung hinauf muss sie ihn stützen. Er sagt kaum ein Wort, und sie spürt seine Erschöpfung nach dem kurzen Weg. Als sie die Tür aufstößt, steht Lincoln da. Er ist ganz außer sich vor Freude, sein Schwanz peitscht gegen die Wand des engen Hausflurs, er bellt und fiept, während er versucht, an ihnen beiden hochzuspringen. Stella hat Angst, dass James dabei umgeworfen werden könnte, doch der Hund beruhigt sich sofort, als sein Herrchen mit ihm spricht.

Sie führt die beiden zum Sofa und hilft James, der sich wegen einer gebrochenen Rippe kaum hinunterbeugen kann, sich hinzusetzen. Er lehnt sich in den Stapel Kissen, den Stella ihm im Rücken aufgetürmt hat, und wischt sich mit dem Handrücken Tränen von den Wangen. Lincoln sitzt vor ihm auf dem Teppich, sein Kopf ist an James' Bein gedrückt.

Wie gerne würde Stella die Wiedersehensfreude der beiden still genießen, da sein, falls ihre Hilfe gefragt ist, und auch selbst ein wenig zur Ruhe kommen, stattdessen aber erklärt sie James rasch, wo die Toilette ist, stellt ihm Wasser und Kekse auf dem Sofatisch bereit und eilt los.

Gerade will sie aus der Tür treten, da dreht sie sich noch einmal um und hebt ihr Handy für ein Foto von den beiden: James hat die Hand auf Lincolns Rücken gelegt, der Hund sitzt wachsam neben ihm, beide schauen direkt in die Kamera.

Für Tiff, sagt sie, damit sie weiß, dass ihr zwei euch wiederhabt.

Homo sapiens

Tiff sieht das erste Bild von James, das nicht von einer *ExtraEye*-Kamera eingefangen wurde. Das Foto zeigt ihn in viel besserer Auflösung, es ist, als würde er sie direkt ansehen. Plötzlich kommen ihr die Tränen. Sie hätte nie gedacht, dass dieser unbekannte Mann und sein Begleiter ihr einmal so ans Herz wachsen würden. Auf diesem Handyfoto sieht er auf verblüffende Weise gleichzeitig jünger und älter aus, erschöpft und verwundet, aber dennoch mit entspanntem Gesicht zurückgelehnt, der Hund ganz nah an seiner Seite.

Tiff schaut das Bild lange an, dann schickt sie es Mikael und den anderen in der Gewissheit, dass sie sich ebenso darüber freuen werden. Das gute Gefühl trägt sie durch den Tag und einen besonders langweiligen Autob, den sie fertigstellen will, bevor Leon zurück ist. Immer wieder muss sie die Gesichtsausdrücke von Menschen auf Fotos klassifizieren: fröhlich, wütend, traurig, müde. Wie so oft bei diesen langen Aufträgen hat sie am Ende das Gefühl, ihre Sprache verloren zu haben. Alle Wörter aus ihrem Kopf ausgeleert in die Datenbank. Wenn sie den anderen von diesem Gefühl erzählt, raten die ihr immer nur, dass sie die Aufgaben weniger ernst nehmen soll. Nik klassifiziert stets mit einer sehr limitierten Menge von Begriffen und zerbricht sich einfach nicht den Kopf darüber, wenn jedes zweite Bild das gleiche Wort erhält. Deswegen geht es auch viel schneller. Aber auch nach all den Monaten und Hunderten von Autobs mit Klassifizierungsaufgaben würde Tiff sich noch unehrlich fühlen, wenn sie bei einem von Schmerz und Erschöpfung gezeichneten Gesicht nur das Wort *müde* verwenden würde.

Heute wird Monika Leon aus dem Kindergarten abholen, sodass sie eine Stunde länger hat. In den letzten Tagen war sie ein wenig zu sorglos mit ihrer knappen Arbeitszeit, hat zu viele Stunden mit der Suche nach James und Lincoln verbracht. Ihr Kontostand ist besorgniserregend niedrig. Sie weiß, dass sie Mikael im Notfall um Hilfe bitten kann, und ist dankbar für dieses Sicherungsnetz, doch gerade deshalb möchte sie es nicht zu oft in Anspruch nehmen.

Als sie den Auftrag abgeschlossen hat, ist noch eine Viertelstunde übrig. Sie überlegt, einen weiteren Auftrag zu beginnen, aber ihr Körper drängt nach einer Pause. In den nächsten Tagen wird sie fleißiger sein, die Zeit besser nutzen, jede Minute mit Arbeit füllen müssen, nur jetzt möchte sie daran nicht denken, sondern in ihrem Stuhl zurückgelehnt dasitzen und die Augen schließen. Sie stellt sich vor, wie es wäre, einen Hund wie Lincoln zu haben, jetzt eine Hand auf seinen Kopf zu legen.

Ihr Computer macht das Signal für eine Chat-Nachricht. Sie öffnet die Lider. Nik schreibt von der anonymen Nachricht eines Automatons auf der Seite ihres Crowdfunding-Aufrufs. Der Absender hat ebenfalls für *ExtraEye* gearbeitet, wünscht viel Erfolg bei der Sammlung und schreibt, er selbst könne leider nichts beitragen, habe aber eine Idee. Der Nachricht hängt ein Screenshot des vorlesenden James an. Bei dieser Aufnahme ist das Buchcover sehr gut zu erkennen. Es ist ein Roman, der vor einigen Jahren ein Bestseller war und dessen Autor sehr eifrig auf Twitter schreibt.

Tiff öffnet ihren Chat.

CHAT 14

TiffCat: Das Vorlesebild ist toll. *15:45*

Nik78: Denkst du auch, was ich denke? *15:45*

TiffCat: Sag schon! 😀 *15:46*

Nik78: Hehe 😛 *15:46*

TiffCat: Lass mich raten: Du willst das Vorlesebild zum Titel unseres Aufrufs machen und den Autor auf Twitter taggen, in der Hoffnung, dass er es teilt. *15:46*

Nik78: Exakt! Der Screenshot ist viel besser als alle anderen Bilder, die wir haben. *15:47*

TiffCat: Ja, und viel deutlicher. Stari wird sich freuen, wenn sie das liest. Kanntest du den Absender? *15:47*

Nik78: Die Nachricht kam anonym. Die Person will wohl nichts riskieren. Offensichtlich wurde sie aber durch deinen Autob animiert. Hat sich eigentlich noch irgendwer anders gemeldet? *15:48*

TiffCat: Leider ist fast nichts passiert. Es gibt drei neue Einzahlungen ganz kleiner Beträge, aber das kann von überallher kommen. Vielleicht Freunde oder Bekannte von einem von uns oder halt Automatons, die den Auftrag gemacht haben und wenigstens ein bisschen helfen wollen. *15:49*

Nik78: Das bedeutet, wenn das Teilen des Aufrufs mit dem Namen des Krimi-Autors nichts bringt, sind wir am Ende unserer Möglichkeiten angekommen, oder? *15:50*

TiffCat: Ja *15:50*

Nik78: 😔 *15:51*

TiffCat: Aber wenigstens sind James und Lincoln wieder zusammen. Vielleicht sollte uns das einfach reichen. *15:51*

Nik78: Du klingst schon wie Stari. *15:51*

TiffCat: Wer von uns teilt den Aufruf auf Twitter? Ich hab keinen aktiven Account. *15:52*

Nik78: Wir könnten einen einrichten. *15:52*

TiffCat: Ja, aber besser wäre ein bereits bestehender, damit schon ein paar Follower dabei sind. Ich habe einen eingeschlafenen Account, aber der ist klar mit meiner E-Mail verknüpft. Wir brauchen einen Dark Account. *15:52*

Nik78: Ich hab einen, den ich nur zum Lurken benutze. Der hat mit den Jahren auch ein paar Follower angesammelt. Dann wirkt der Tweet zumindest nicht wie von einem Bot. *15:53*

TiffCat: Super, lass uns den nehmen, Nik. Aktualisierst du den Aufruf und taggst den Tweet mit dem Autorenhandle? *15:53*

Nik78: 👍 *15:54*

Mellivora capensis

Tiff spielt gerade mit Leon Memory auf dem Wohnzimmerfußboden, als es an ihrer Wohnungstür klingelt. Sie muss den Empfang eines Expressbriefs aus den USA mit ihrer Unterschrift bestätigen. Noch während sie die Tür mit dem Fuß zudrückt, reißt sie den Umschlag auf: ein Schreiben von *ExtraEye*. Fluchend lehnt sie an der Wand des Flurs. Von hinten ruft Leon, er habe drei Paare gefunden. Normalerweise würde sie darüber lachen, dass er gerade zu schummeln versucht, unter alle Karten schaut, solange sie aus dem Raum ist. Sie liest den Brief, dessen Buchstaben ihr vor den Augen verschwimmen. Leon ruft wieder. Sie geht zu ihm und schlägt vor, eine Tierdoku zu schauen. Schnell klickt sie durch die verschiedenen Folgen, bis sie eine gefunden hat, die er noch nicht kennt: der Honigdachs.

Sie setzt sich an den Küchentisch, während im Wohnzimmer die sanfte Erzählerstimme beschreibt, wie der Honigdachs seinen Bau auspolstert. Der Brief von *ExtraEye* bezieht sich auf einen Screenshot aus dem

Crowdfunding, der mit Wasserzeichen versehen war und bei einem Routine-Crawling nach markierten Aufnahmen gefunden wurde. Ihr wird erklärt, dass die Verwendung des Fotos ein klarer Bruch der Geheimhaltungsvereinbarung sei und sie deswegen mit empfindlichen Konsequenzen zu rechnen habe. Sie wird gebeten, binnen drei Tagen Stellung zu dem Schreiben zu nehmen. Für einen Moment schließt sie die Augen, als könnte das den Brief verschwinden lassen. Doch er bleibt vor ihr auf dem Tisch liegen. Leon ruft aufgeregt aus dem Wohnzimmer, dass der Honigdachs jetzt eine Schlange jage, während sie das Telefon nimmt und Mikael anruft.

Fünf Minuten später sitzt er in Jogginghose mit ihr am Tisch.

Was für ein Riesenmist, sagt er. Wär auch zu schön gewesen, wenn alles problemlos gelaufen wäre.

Ich vermute, dass *ExtraEye* gerade extra vorsichtig ist, weil sie diesen Überwachungsservice von Menschen im Homeoffice anbieten und jedes geteilte Bild davon vermutlich ihr Geschäftskonzept ruinieren würde. Das verkaufen sie ja ebenfalls als KI-Auswertung. Daran hätte ich früher denken müssen, sagt Tiff.

Ich glaube, darüber zu grübeln, was hätte anders laufen können, führt uns jetzt nicht weiter. Wie läuft denn das Crowdfunding? Wäre es nicht besser, es sofort offline zu stellen und nur mit einer blutigen Nase aus dieser Geschichte herauszugehen?

Aber wir hatten gerade eine super Idee, wie wir mehr Sichtbarkeit generieren könnten, weil wir ein neues

Bild von James bekommen haben, auf dem er aus dem Buch eines sehr bekannten Autors liest.

Habt ihr das schon online gestellt? Die Person ist dann auch in Gefahr, wenn die Aufnahmen mit Wasserzeichen markiert sind und dadurch einzelnen Automatons zugeordnet werden können.

Leon kommt in die Küche und fragt, ob er noch eine weitere Folge schauen darf. Tiff nickt und gibt ihm eine Schale Kekse mit.

Wir sollten den Autob offline stellen, sagt sie, du hast recht. Vielleicht kannst du das machen, während ich die anderen warne?

CHAT 15

TiffCat: Leute, ich habe eine Abmahnung von *ExtraEye* bekommen! Anscheinend verwenden sie doch Wasserzeichen in den Videos und konnten so meinen Screenshot identifizieren. Wartet, ich schicke euch ein Foto von dem Brief. *14:30*

Nik78: Oh Shit *14:30*

Stariseria: Uff! *14:31*

Nik78: Verdammt. Welche Screenshots haben wir verwendet? Den einen von dir und jetzt noch den anderen, den wir geschickt bekommen haben. *14:31*

TiffCat: Wir müssen sie aus dem Crowdfunding-Aufruf löschen. *14:31*

Nik78: Ich logg mich gerade ein. *14:32*

Stariseria: Wie geht es dir, Tiff? Keine Sorge, wir finden irgendeine Lösung! *14:32*

TiffCat: Momentan echt nicht gut, aber Mikael ist da. Er sitzt neben mir und löscht den Autob. Auch wenn das vermutlich zu spät ist. *14:32*

Stariseria: Ja 🙁 *14:33*

Nik78: Hey, geht bitte mal schnell auf die Seite unseres Aufrufs. Ich glaub, ich spinne … *14:34*

Stariseria: Was? Wieso? *14:34*

TiffCat: Okay, wow! *14:34*

Stariseria: Wann ist denn das passiert? *14:35*

Nik78: Ich schau gerade bei Twitter. Vermutlich hat unsere Idee funktioniert. *14:35*

TiffCat: Anders ist es nicht zu erklären. *14:35*

Nik78: Der Autor vom Buch hat vor einigen Stunden meinen Tweet tatsächlich retweetet und dazu aufgerufen, unser Crowdfunding zu unterstützen. Sorry, dass ich das nicht früher gecheckt habe. *14:36*

Stariseria: Das bedeutet, wenn wir jetzt die Bilder löschen, stoppen wir vielleicht die Welle? *14:36*

TiffCat: Können wir deinen anonymen Kontakt irgendwie erreichen, Nik? *14:36*

Stariseria: 🙁 *14:36*

Nik78: Die Nachricht kam über die Crowdfunding-Seite, weiß nicht, wer sie abgeschickt hat. Was für ein beschissenes Timing. *14:37*

Stariseria: Können wir das Wasserzeichen finden? Vielleicht hat das andere Bild keins? *14:37*

TiffCat: Mikael hat gerade mein Bild genauer angeschaut, er findet da nichts Sichtbares. Vielleicht sind nur einzelne Pixel markiert. *14:38*

Stariseria: Wir sind immerhin schon kurz vor dem Zahlungsziel mit unserem Aufruf. Vielleicht sollten wir wenigstens den Screenshot des anonymen Automatons rausnehmen. *14:38*

TiffCat: Ja, das wäre schlau. Das Bild ist sowieso später als meins online gegangen, vielleicht haben sie es noch nicht bemerkt. Wahrscheinlicher ist aber, dass *ExtraEye* beide Bilder bereits gefunden hat. *14:39*

Nik78: Ich hab es rausgenommen. Hoffentlich reicht das. Blöd, dass wir nicht Kontakt aufnehmen können. *14:40*

Stariseria: Aber selbst wenn jetzt die Aufmerksamkeit abbricht, haben wir unser Ziel fast erreicht. *14:41*

Nik78: Ich könnte mich mehr darüber freuen, wenn Tiff nicht diesen Riesenstress an der Backe hätte. 😐 *14:41*

Stariseria: Was machst du jetzt, Tiff? *14:42*

TiffCat: Heulen?! *14:42*

Stariseria: 😭 *14:42*

Nik78: 🖤 *14:43*

TiffCat: Ich mach mir erst mal einen Kaffee, dann denke ich nach, wie ich reagiere. *14:43*

Nik78: Nur so ein Gedanke: Du könntest *ExtraEye* auch einfach androhen, öffentlich zu machen, dass sie schlecht bezahlte Automatons statt der teuer beworbenen KI für ihre Kunden arbeiten lassen. *14:44*

TiffCat: Wäre das nicht Erpressung? *14:44*

Stariseria: Bestimmt wär das rechtlich heikel, aber die Frage ist doch, was die zu verlieren haben. *14:44*

TiffCat: Mmmhh 🤔 *14:45*

Gallus gallus domesticus

Tiff gießt heißes Wasser in den Filter, als Leon aus dem Wohnzimmer ruft, dass man Hühner hypnotisieren könne. Mikael geht zu ihm, um zu schauen, was da im Film erzählt wird. Als der Kaffee fertig ist, kommt er wieder in die Küche.

Die anderen meinen, dass ich es auf eine Konfrontation mit *ExtraEye* ankommen lassen könnte, sagt Tiff.

Mit der großen Sichtbarkeit des Crowdfundings hättest du auf jeden Fall ein Argument, öffentlich zu sagen, dass die Bilder von einer Überwachungskamera stammen. Und dann die Geschichte zu erzählen, wie ihr James gefunden habt, wäre sicher ein ziemlich interessanter Stoff für Zeitungen, sagt Mikael, während er Kaffee eingießt.

ExtraEye kann eigentlich kein Interesse daran haben, dass der Fall sichtbar wird, aber vielleicht irre ich mich auch, sagt Tiff. Ich habe eh nichts zu verlieren. Im schlimmsten Fall melde ich einfach Privatinsolvenz an.

Das würde im Grunde nichts an meiner Situation ändern.

Vielleicht solltest du das in deiner Stellungnahme genau so schreiben, sagt Mikael. Bist du aus dem Überwachungsjobding denn schon ausgesperrt?

Hab noch nicht nachgeschaut. Tiff versucht, sich bei *ExtraEye* einzuloggen, bekommt aber keinen Zugriff. Die haben mich tatsächlich komplett gesperrt, sagt sie und nimmt einen Schluck Kaffee. Vielleicht ist das auch ein Zeichen für irgendwas.

Wenn du es als Zeichen nimmst, kannst du sicher auch einen Sinn darin finden, der darüber hinausgeht, dass das eine schreckliche Firma ist.

Leon kommt in die Küche und möchte eine weitere Folge schauen, aber Tiff geht ins Wohnzimmer und schaltet den Fernseher aus. Also setzt er sich zu ihnen und erzählt begeistert von dem hypnotisierten Huhn, das auf den Boden gedrückt wurde, woraufhin man einen Strich von seinem Kopf wegführend zeichnete.

Bleiben die Hühner dann tatsächlich völlig reglos liegen?, fragt Tiff.

Mikael und Leon nicken gleichzeitig.

Setzling

Stella muss die Kurven mit Vorsicht nehmen, damit die Fliehkräfte nicht zu stark auf James' gebrochene Rippe einwirken. Jedes Mal, wenn sie vergisst, das Tempo zu reduzieren, ächzt er neben ihr. Gemeinsam sind sie auf der Route mit den Mammutbäumen.

Am Morgen hat James sich kräftig genug für diesen Ausflug gefühlt, und Stella ist froh, endlich wieder etwas fernab von Krankheit und Pflege zu erleben. Schweigend haben sie miteinander Radio gehört, bis sie aus der Stadt heraus waren, die Landschaft ruhiger wurde, der Verkehr anfing zu fließen, kaum noch unterbrochen von Abzweigen oder Kreuzungen. Jetzt vibriert eine Erwartungshaltung in der Luft, als müsste ein Gesprächsvakuum mit Antworten auf noch offene Fragen gefüllt werden.

James schaut aus dem Fenster zu den Riesen, als er zu sprechen beginnt: Wer Bäume fällt, muss auch neue pflanzen. Je schneller die Bäume fallen, desto mehr Setzlinge müssen in die Erde gebracht werden. Eigentlich liegt es so nah, aber natürlich ist diese Arbeit, die Wiederaufforstung des Waldes, bloß für diejenigen interessant, die nicht allein den Reichtum einer Region abschöpfen wollen. Meine Familie hat seit Generationen in der Holzindustrie gearbeitet. Ich erinnere mich an die Hände meines Großvaters, voller Holzsplitternarben. Mein Onkel ist bei der Arbeit gestorben, ein abgerissenes Stahlseil. Und auch mein Vater hat zeit seines Lebens Bäume gefällt. Du hast damals auf der Cannabisplantage oft von deinem Großvater erzählt. Habt ihr jemals auch über Aufforstung gesprochen? Dabei schaut er Stella von der Seite an.

Erst nach einer Weile setzt sie zur Antwort an: Ich kann mich nicht erinnern. Manchmal sind wir in den Wäldern wandern gegangen. Er mochte es, Vögel zu beobachten, und natürlich wusste er viel über Bäume, aber wir haben selten über seine Arbeit gesprochen. Für ihn war sein Handwerk etwas, das er von den älteren Holzfällern bei der Arbeit gelernt hatte, und für ihn war immer klar, dass ich, ein Mädchen, niemals in der Holzindustrie arbeiten würde. War es deshalb kein Thema? An seine vernarbten Hände und Unterarme erinnere ich mich gut. Das glänzende Gewebe über verheilten Schnitten und Wunden, all die weißen Linien kamen mir im Vergleich mit der makellosen Haut meiner Kinderarme wie menschliche Jahresringe vor.

Stella sieht auf ihre Hände, die das Lenkrad fest umschließen, auf die wenigen Narben, die sich dort im Laufe ihres Lebens angesammelt haben. Schnitte von Muschelschalen, ein längerer Cut zwischen Zeige- und

Mittelfinger der linken Hand, verursacht von einer Sektflasche an einem Silvesterabend.

James streichelt Lincolns Kopf, den er von der Rückbank aus auf die Armablage zwischen den beiden Vordersitzen gelegt hat. Ich habe schon als Kind viel über diese Industrie gelernt, aber von Wiederaufforstung war da nie gesprochen worden. Es stand fest, dass auch ich für die Firma arbeiten würde, bei der mein Vater angestellt war. Aber ich war nur wenige Jahre Baumfäller. Schon bei meinem Einstieg hatte es sich angekündigt, dass die Umstrukturierungen und Weltmarktverschiebungen unsere Holzwirtschaft zum Erliegen bringen würden. Von den Firmen, die zum Ende meiner Highschool das Ziel vieler meiner Mitschüler waren, existieren heute nur noch ganz wenige.

Es waren harte Jahre nicht nur für euch, auch für die Fischindustrie wurde es immer schwieriger, antwortet Stella.

Aber hätte das alles so zusammenbrechen müssen? Das frage ich mich immer noch. Mein Großvater war da lange tot, aber seine alten Freunde haben es immer auf die Naturschützer geschoben. Die mit ihrem Fleckenkauz, hieß es. Hast du mal einen gesehen? Ich erinnere mich, dass das schon sehr früh ein Thema war: der Schutz dieser Vogelart und die Diskussion, ob sie nun wirklich gefährdet sei oder nicht. Die entsprechenden Gesetze kamen erst viel später.

Stella kann sich ein Lachen nicht verkneifen: Ich weiß noch, wie alle immer über die hohen Lebensansprüche dieses Kauzes geschimpft haben. Schon damals dachte ich, dass man ihn eigentlich als eine Inspiration nehmen sollte.

Sie halten an einem Rastplatz. James ist noch zu schwach für einen Spaziergang und lässt sich zur Parkbank helfen. Stella holt eine Decke aus dem Kofferraum, die sie über seine Beine legt. Aus einer Tüte fischt sie zwei Coladosen und ein Sandwich hervor, das sie in der Mitte durchbricht.

Er nimmt einen Schluck aus seiner Dose und schaut auf die Bäume, die den Rastplatz säumen. Es hat lange gebraucht, bis ich verstanden habe, was meine Arbeit mit dem Verfall dieser Industrie zu tun hatte. Ich erinnere mich, dass ich in den letzten Jahren vor allem riesige Douglasien an steilen Berghängen fällen musste. Bäume, die früher ohne Maschinen gar nicht erreichbar gewesen wären. Und es war dennoch leichter als das Wiederaufforsten an diesen Hängen, doch das habe ich erst später verstanden. Irgendwann hatte man mir gekündigt, die Stellen wurden radikal zusammengestrichen, und mir jungem Mann wurde gesagt, dass ich doch leicht eine andere Arbeit finden könne.

Für eine Weile kauen sie schweigend. Ein Windstoß lässt die Verpackung des Sandwiches aufwirbeln, Stella springt ihr hinterher und stopft sie in eine Mülltonne am Rand des Rastplatzes.

Als sie wieder auf der Bank sitzt, sieht sie James von der Seite an und fragt ihn direkt: Hast du dann eine andere Arbeit gefunden? Sie sagen immer, es sei leicht, aber nach meiner Erfahrung stimmt das nur, wenn man auch bereit ist, sich immer wieder neu zu erfinden.

Ich wollte weiter in den Wäldern arbeiten, das war mir klar, und ich wollte nicht zu weit fort. Ein Leben woanders konnte ich mir damals nicht vorstellen. Aber ich habe unterschätzt, wie schlimm die Bedingungen beim Pflanzen der Bäume sein würden. Die Verträge wurden von der Forstverwaltung an private Unternehmen vergeben, und ich kannte einen der Auftraggeber im Nachbarort. Dort gab es einen Lagerplatz mit einem kleinen Bürogebäude, die Rollläden vor den Fenstern waren immer halb heruntergelassen, und an der Scheibe klebten Plakate, die Interessierte dazu aufforderten, sich zu melden. Als ich noch die feste Stelle hatte, bin ich oft an dem Büro vorbeigefahren und habe Gruppen von Männern gesehen, die am Anfang der Woche darauf warteten, mit Pick-ups auf die Camps verteilt zu werden. Und dann war ich einer von ihnen. Zum Aufforsten trägt man eine mit Setzlingen gefüllte Tasche aus Segeltuch, die um die Hüfte geschnallt wird. Hast du so was mal gesehen?

Stella verneint seine Frage. Sie öffnet ihre Coladose und trinkt. In der Stille ist der Ruf eines Vogels zu hören.

Wär doch lustig, wenn das jetzt ein Fleckenkauz wäre, nicht wahr?

Ich glaube, die klingen anders. Aber ich weiß es nicht mehr genau.

Wir könnten schauen, ob wir ihn online finden, sagt Stella und nimmt ihr Smartphone in die Hand. Sie stutzt, und nach einem Moment des Innehaltens beginnt sie, konzentriert zu lesen und auch etwas zu schreiben.

James schaut ihr eine Weile zu. Ist alles in Ordnung?, fragt er schließlich.

Stella schaut auf und sieht dabei so fröhlich aus, dass Lachfalten ihr Gesicht kräuseln. James, wir haben Geld, sagt sie. Halt mich für verrückt, aber wildfremde Menschen haben den Crowdfunding-Aufruf gefunden, und nun ist das Ziel fast erreicht.

Er ist sprachlos, während sie ihn voller Freude umarmt. Das ist wirklich unfassbar, sagt er dann. Wer hätte das gedacht?

Ich kann es auch kaum glauben. Ich wünschte, wir könnten jetzt richtig miteinander anstoßen.

James hebt seine Coladose und prostet ihr zu. Sein Gesicht sieht plötzlich viel entspannter aus, er lächelt breit. Was für eine Erleichterung, sagt er.

Stella nickt und nimmt das Telefon wieder in die Hand. Wir wollten doch noch den Fleckenkauz hören, sagt sie und spielt den Ruf dieser Eulenart ab. Klingt überhaupt nicht nach dem Vogel von eben, aber wir haben auch nicht bedacht, dass Eulen nachtaktiv sind.

Stimmt, das hätten wir wissen müssen. Aber ich zumindest habe vor Kurzem einen heftigen Schlag auf den Kopf bekommen. Was ist deine Ausrede?

Stella lacht und sagt, dass sie sich noch nie besonders für Tiere interessiert habe. Dabei streichelt sie Lincolns Kopf. Vielleicht fange ich jetzt an, Hunde zu lieben.

James scheint wieder einzufallen, dass er ihr gerade

seine Geschichte hatte erzählen wollen. Er atmet ein und setzt von Neuem an: Mein Interesse für Tiere begann, als ich die kahlen Hänge bepflanzen sollte, darüber nachdachte, wer alles wieder dort, in den staubigen Brachen, leben würde. Man bezahlte uns pro gepflanztem Setzling. Viele sind einfach die Hänge hinaufgeklettert und haben die Setzlinge irgendwo hingeworfen. Es war kaum möglich, das zu kontrollieren. In den Sommermonaten, wenn die trockene Erde an den Hängen steinhart wurde, konnte nichts gepflanzt werden. Gearbeitet haben wir im Herbst, im Winter und im Frühjahr, ständig regnete es, und wenn der Schnee kam, wurde es noch schlimmer. Geschlafen haben wir in Zelten. Schon damals waren viele ohne Papiere. Die Pflanzarbeit war hart und entbehrungsreich. Am schlimmsten wurde es, wenn wir einen neuen Hang in Angriff nahmen. Schon nach wenigen Stunden wurde einem schwindelig, und abends im Camp litten viele an Nasenbluten. Der Vorarbeiter aber wiegelte ab und meinte, das würde von der Kälte kommen. Gewissheit, dass irgendwas nicht stimmte, hatte ich erst später, als ich während einer Schicht in den Morgenfrost pinkelte und das Blut im Urin alles rot färbte.

Wurdest du nicht sofort ins Krankenhaus gebracht?

Nein, ich habe einfach weitergemacht. Irgendwann wurde es weniger, auch das Zahnfleischbluten verschwand. Andere im Camp hatten diese Symptome auch schon erlebt, einer sagte, dass es an dem Gift liegen würde, mit dem die Pflanzstellen vorab präpariert würden, dass man sich darüber aber keine Sorgen machen müsse. Also machten wir einfach weiter. Erst Wochen später lernten wir eine andere Crew kennen. Das waren Hippies, die sich als Kollektiv organisierten. Einigen sah man förmlich an, wie unerfahren sie waren und wie sehr die harte Arbeit sie erschöpfte. An einem Abend haben wir gemeinsam getrunken, und da erzählte mir eine Frau, dass sie versuchten, gegen die Pestizide zu kämpfen, mit denen man die Pflanzflächen bespritzte, und dass ich mich vermutlich mit Silvex vergiftet hätte. Ich weiß noch, dass in dem Moment, als sie mir sagte, dass dieses Gift auch in Vietnam eingesetzt worden war, etwas bei mir aussetzte. Es war, als kämen die ganze Wut und der Frust über die Kälte, das schmerzende Zahnfleisch, die blutige Pisse zusammen. James macht eine Pause und schaut Stella an: Bist du sicher, dass du weiterhören willst?

Sie schweigt für einen Moment, dann nickt sie nur.

Ich weiß noch, dass ich zurück zum Camp lief. Heute verstehe ich diese Kurzschlusshandlung nicht mehr, aber es war, als wäre eine Sicherung in meinem Kopf durchgebrannt. Vielleicht lag es an der Kündigung, an den unendlichen kahlen Berghängen, an den dreisten Versicherungen des Vorarbeiters, dass das Bluten normal sei, vielleicht war es auch die Wut über den schlechten Lohn, für den ich meinen Körper möglicherweise dauerhaft geschädigt hatte. Ich nahm jedenfalls den Jeep und fuhr zu dem kleinen Büro. Alles war dunkel, und ich wusste, dass dort niemand lebte. Mithilfe der zwei Benzinkanister, die immer auf der Ladefläche des Pick-ups standen, zündete ich das Haus an. Brandstiftung. Im Büro hatte jedoch der Sohn des Inhabers geschlafen. Das wusste ich nicht. Wegen einer Ehekrise hatte er dort sein Feldbett aufgeschlagen. Natürlich hätte ich nachsehen, sicher sein müssen, dass niemand verletzt werden würde. Gott sei Dank hat er es hinausgeschafft, nur leichte Verbrennungen am Arm davongetragen. Aber der Straftatbestand war so natürlich umso größer, also bin ich abgehauen.

Er schweigt und schaut sie an.

Das bedeutet, dein richtiger Name ist nicht James, sondern Anthony?

Damals hieß ich so, das ist wahr. Mittlerweile bin ich aber so lange James, dass der alte Name mir nichts mehr sagt.

Und ich habe mich immer gefragt, warum du nie irgendwo ankommen, nie bleiben wolltest, sagt Stella. Das Ganze ist Jahrzehnte her. Ist es nicht längst verjährt? Was soll dir heute noch passieren?

Das weiß ich gar nicht so genau, und ich habe mich irgendwann einfach nicht mehr drum geschert.

Und deine Familie?

Anfangs war es diese unendliche Scham, später habe ich ein paar Karten geschickt, und mittlerweile sind sie längst gestorben.

Lincoln fiept, Stella geht ein Stück mit dem Hund in Richtung Waldrand und lässt ihn sein Geschäft erledigen.

Dann schlägt sie vor, zurückzufahren. James nickt dazu, er wirkt wieder sehr müde. Sie stützt ihn auf dem Weg zum Wagen. Während der Fahrt schläft er neben ihr ein. Der Himmel ist grau, und die Bäume werfen gewaltige Schatten. Sie erinnert sich an die Waldbrände des letzten Sommers, als der Himmel sich in ein gespenstisches Orange verfärbte. Das Feuer hat damals die alten Bäume nicht erreicht, wofür sie noch immer dankbar ist.

Erst als sie das Auto auf dem Parkplatz vor ihrer Wohnung abstellt, erwacht James. Sein Gesicht wirkt zerbrechlich im Halbdunkel.

Du weißt, dass deine Geschichte für mich nichts ändert, sagt sie.

Er nickt, nimmt ihre Hand und fährt langsam mit dem Daumen über die Sehnen und Adern auf ihrem Handrücken. Auf der Rückbank macht Lincoln ein Geräusch im Schlaf.

Sie lächelt James an.

Polyommatus icarus

Tiff packt die Schwimmbadtasche, während sie versucht, Leon davon zu überzeugen, dass er sich die Sonnencreme, die sie ihm auf Wangen, Nase und Kinn getupft hat, selbst im Gesicht verreibt. Er will das schmierige Zeug aber nicht anfassen und protestiert so lange, bis sie genervt einlenkt.

Monika und Mikael warten im Treppenhaus. Die beiden haben sich nach wie vor nicht viel zu sagen, aber heute wollen sie Tiff dabei unterstützen, den Nachmittag mit Leon im Freibad zu verbringen, also stehen sie erwartungsvoll vor den Briefkästen im Erdgeschoss, als die beiden die Treppe herunterkommen. Monika nimmt Leon an die Hand. Die beiden gehen vorweg und unterhalten sich über den Sinn von Schwimmflügeln.

Hast du immer noch keine Reaktion auf deine Stellungnahme gegenüber *ExtraEye* bekommen?, fragt Mikael.

Nein, ich habe vorhin noch mal nachgeschaut. Vielleicht reagieren sie einfach gar nicht mehr. Ich bin auf jeden Fall für alle weiteren Aufträge gesperrt, und eine negative Bewertung habe ich auch bekommen, sagt Tiff und zuckt dazu mit den Schultern.

Vielleicht hast du recht, und das Risiko ist für sie nach eurem viralen Erfolg zu groß geworden. Dann wäre die Sache erledigt.

Wir haben auf jeden Fall alle Screenshots aus dem Aufruf entfernt. Vielleicht sind sie auch einfach damit zufrieden. Wär schön, wenn ich glimpflich davonkäme, aber wenn nicht, findet sich auch eine Lösung.

Tiff schaut in den blauen Himmel und freut sich über die warmen Strahlen auf ihrem Gesicht, bis ihr einfällt, dass sie selbst noch gar nicht gegen die Sonne geschützt ist. Sie bittet die anderen, kurz zu warten, und verteilt etwas Sonnencreme auf ihren Wangen. Als sie die Tube wieder in die Schwimmtasche geschoben hat und sich aufrichtet, wird ihr kurz schwindelig. Sie atmet tief ein und aus.

Monika schaut sie fragend an.

Keine Sorge, es geht schon, beruhigt Tiff sich und ihre besorgt aussehenden Freunde und setzt einen Fuß vor den anderen.

Am Freibadeingang übernimmt Mikael kommentarlos den Eintritt für alle. Sie suchen sich einen Platz im Halbschatten unter einem Baum und breiten ihre Decken aus. Leon will sofort ins Kinderbecken und lässt sich nur mit Mühe davon abhalten, schon in Unterhose loszustürmen. Mikael begleitet ihn, und Monika will sich vom Kiosk einen Kaffee holen.

Tiff legt sich flach auf den Rücken, breitet die Arme aus und schließt die Augen. Es geht ihr gut. Sie fühlt sich ruhig. Sie wird diesen Ausflug ohne Angst überstehen.

Das Telefon vibriert neben ihrem Kopf, und sie öffnet die Augen. Stella schickt ein Selfie von sich und James, und auch der Kopf von Lincoln ist halb mit drauf. Tiff antwortet mit einem Bild von sich auf der Freibaddecke und bekommt sofort eine Reihe Herzchen von Stella dafür zurück. Sie stellt ihr Bild auch in den Automaton-Chat, denn Stari und Nik wissen, wie schwierig so ein Ausflug für sie noch vor Kurzem war. Dann stellt sie das Telefon stumm und legt sich wieder hin.

Monika sitzt mit einem Kaffeebecher neben ihr, als Leon angerannt kommt. Er will Tiff einen Schwarm Schmetterlinge am Rand des Kinderbeckens zeigen, und sie lässt sich mitziehen. Einige Bläulinge trinken aus einer Pfütze auf den hellen, warmen Steinen. Sie flattern sorglos umher, als wüssten sie nicht um die Gefahr des Wassers bei einem Absturz. In den Blautönen ihrer Flügel bricht sich das Licht.

Danksagung

Ein Buch entsteht nie alleine, besonders nicht in einer Pandemie.

Dieses Buch gäbe es nicht ohne die Geduld, das Vertrauen und die große Unterstützung von Céline Meiner und Andreas Paschedag.

Johannes Franzen, Simon Sahner und Tilman Winterling gebührt mein tief empfundener Dank für unendlich viel Rat, Zuspruch und Ablenkung.

Außerdem danke ich meiner Skype-Schreibgruppe, den Autorinnen von Writing with CARE / RAGE und meinen DM-Freund*innen für die vielen bestärkenden Gespräche und den Mut, der aus virtueller Freundschaft entstehen kann, die oft – aber nicht immer – auch zu Begegnungen in der Realität führt.

Ein großer Dank gebührt auch meiner Timeline, ohne euch wäre ich weniger inspiriert und motiviert.

An dieser Stelle zuletzt und doch immer als Allererstes danke ich Ernir, Emil, Óskar und Gylfi für unsere gemeinsame Reise.